강보원

시인, 문학평론가.

시집『완벽한 개업 축하 시』를 출간했고,

『셋 이상이 모여』(공저)에 산문으로 참여했다.

디자인 이지선

에세이의 준비

에세이의 준비

강보원
에세이

민음사

차례

1화

아무것도 아닌 것과
어떤 것

까마귀

롤랑 바르트의 마지막 강의 제목은「소설의 준비」였다. 그는 이 강의를 통해 소설을 쓰기 위해 필요한 모든 준비를 마치겠다고 이야기했고, 그 준비 과정이 곧 강의의 내용이었다. 이 강의에서 그는 소설이란 무엇인지, 소설을 준비한다는 것은 무엇인지, 소설 쓰기를 준비하는 단계에서 소설을 쓰는 행위로 넘어가기 위해 필요한 것은 무엇인지 등에 대한 자신의 생각을 천천히 풀어간다. 예컨대 글쓰기-의지에 대해, 글쓰기를 이끌어 가는 충동에 대해, 글쓰기의 어려움과 불가능함에 대해, 환상에 대해, '메모'의 한 전형으로서의 하이쿠에 대해, 등등……

『에세이의 준비』라는 제목에서 알 수 있듯 나는 이
책의 기본적인 아이디어를 바르트의 강의록으로부터
얻었다. 소설에서 에세이로 장르가 바뀌었다는 것을
제외하면 문제의식도 기본적으로 같다. 물론 이 준비는
체계적이라기보다 총체적이고 포괄적이며 동시에
부분적이고 파편적일 수밖에 없다. 쉽게 말하면…… 두서가
없고 얼렁뚱땅이라는 것이다. 하지만 내가 생각하기에
여기에는 그럴 수밖에 없는 이유가 있다. 왜 그럴 수밖에
없는지에 대해서는 차차 이야기하게 될 것이다.

강의록「소설의 준비」가 수록된 책『롤랑 바르트, 마지막
강의』에 대해 조금 덧붙이자면, 이 책의 거의 모든 부분이 더할
나위 없이 좋지만, 그럼에도 이 책을 정말로 완벽하게 만들어
주는 것은 그가 인용하는 수많은 하이쿠들이 아닌가 한다. 그중
나는 까마귀가 나오는 아래의 하이쿠 한 편을 정말 좋아한다.

마치 아무 일도 없었다는 듯이
까마귀가
버드나무에
(잇샤, 뷔니에)[1]

[1] 롤랑 바르트, 변광배 옮김, 『롤랑 바르트, 마지막 강의』(민음사, 2015), 98쪽.

까마귀라니. 정말 귀여운 것 같다. 그러면 본론으로
들어가 보자. 그러니까, 그럼에도 불구하고, 왜 하필
준비인지……

난관

이렇게 시작하는 게 좋을 것 같다. 어쩐 일인지 '매일과
영원' 시리즈에 참여해 주면 좋겠다는 제안을 받았을 때,
나는 기뻤지만 그보다는 걱정이 앞섰다. 무얼 더 쓸 수
있을지 자신이 없었기 때문이다. 뭘 더 쓸 수 있을까라는
고민을 할 정도로 많은 글을 쓴 것은 아니다. 그저 나는
늘 뭔가를 하기도 전에 한계에 직면해 있다고 느낀다.
어찌어찌 뭔가를 쓰고 나면 곧바로 그것이 내 인생의 마지막
작품이었다고 생각하게 된다. 방금 마친 작업은 일종의
억지와 우연의 조합이고, 다시는 이것보다 나은, 심지어는
이와 비슷한 무엇도 써낼 수 없을 것 같다.
　이 책을 써 보라는 제안을 받았을 때 나는 마침 친구들과
『셋 이상이 모여』라는 책 한 권을 만들어 출판하려던 차였다.
『셋 이상이 모여』, 줄여서『셋이모』는 나와 김유림 시인,
나일선 소설가가 각자《던전》에 연재했던 일기, 시, 소설을

묶은 책이다. 그렇다. 김유림 시인은 시를 썼고, 나일선
작가는 소설을 썼고, 나는…… 일기를 실었다. 물론 아무
맥락 없이 일기를 실은 것은 아니었다. 내가 쓴 작품의
정확한 제목은 「영화에 대한 것은 아닌」이었고, 내가 쓴 모든
종류의 글 중에서 '영화'라는 단어나 특정한 영화 제목, 혹은
영화 감독의 이름이 포함된 글들을 그것들의 날짜와 함께
나름대로 배치해 만든 글이었다. 일기만 있는 것은 아니었고,
시와 비평과 심지어 군대에서 쓴 80매짜리 단편소설도
있었는데 그 모든 글의 서두에 날짜를 붙여 일기와 구분되지
않도록 해 둔 덕분인지, 그냥 다들 일기라고 생각하는
분위기였다. 사실 일기가 대부분을 차지하기는 했다. 게다가
나는 일반적으로 분위기를 거스르는 사람이 아니기에
별 말을 하지는 않았다. 그리고 사실 그게 일기가 아니면
뭐겠냐는 생각이 들기도 했다……

　　하지만 쓸 때는 꼭 일기만은 아니고 뭐랄까 장르간의
경계를 넘나들며 글쓰기에 대한 나름의 생각과 내가
글쓰기를 하며 마주쳤던 괴로움과 희망 등등을 진솔하게
표현한 에세이, 라고 생각하고 있었다. 그게 이 책과 무슨
관련이 있냐면, 정기현 편집자가 '매일과 영원' 시리즈
집필을 제안했을 때 내가 곧바로 「영화에 대한 것은 아닌」이
이 기획에 정말 잘 어울린다고 생각했던 것이다. 하지만

그때는 『셋이모』 작업이 이미 많이 진행되어 되돌릴 수
없는 시점이었다. 문제는 「영화에 대한 것은 아닌」에 쓰인
일기들은 내가 글을 쓰기 시작한 뒤로부터 『셋이모』를
출간하기 전까지의 내 인생을 거의 남김없이 사용한
것이었기 때문에 나는 정말이지 더 쓸 것이 없었다는
사실이다. 태연한 척 넙죽 계약을 했지만 속으로는 망했다는
생각뿐이었다. 예전에 현대소설강독 수업을 들었을 때가
기억난다. 에세이는 아니고 소설가에 대한 얘기였지만,
소설가에게는 다른 모든 사람들처럼 강렬한 원체험 같은
것이 있는데, 그 자전적인 요소를 너무 성급하게 소설로 써
버리면 이제 다음 소설을 써 나가기가 난망하다는 것이었다.
교수님은 그것을 '씨암탉 잡기'에 비유했다. 크게 대접해
보겠다고 집에 하나 있는 씨암탉을 잡고 나면 더 이상 대접할
게 남아 있질 않는 것이다. 「영화에 대한 것은 아닌」이
바로 나의 씨암탉이었다. 나는 애피타이저나 코스 요리를
생각하지 못하고 곧바로 집안 재산부터 거덜내고 만 것이다.
그렇다면 도대체 어떻게 이어 갈 수 있을까?

　게다가 만사가 그렇듯 이 또한 자업자득이었다.《던전》
연재를 마쳤을 당시 나는 「영화에 대한 것은 아닌」을
어떻게든 출판하고 싶었지만 길이 없어 보였다. 그래서
힘을 빌리기로 결정했다. 나는 같은 시기 《던전》에 연재를

했던 저명한 시인과 소설가에게 셋이 모여 앤솔러지 비슷한 작품집을 만들어 보자고 제안했다. 그리고 이들이 없으면 「영화에 대한 것은 아닌」이 출판될 일도 없을 거라고 생각했기에, 이들이 도망가지 못하도록 맹세의 의식까지 치르자고 나섰다. 함께 식사를 하고 차를 마신 뒤 집으로 돌아오는 141번 버스 안이었던 것으로 기억한다. 나는 김유림 시인과 나일선 작가에게 우리는 사실상 지금 피를 나눈 것이며, 지금 이 시점 이후로 아무리 명망 있는 출판사에서 출간 제의가 들어오더라도 배신은 절대 없고, 만에 하나 그런 불의의 사태가 벌어진다면 그 죗값은 죽음으로만 치러야 할 것이며 그 집행은 내가 맡겠다고 신신당부를 했다……

솔직히 말하면 이 시리즈를 제안받았던 바로 그 순간 그 맹세를 되돌릴 수 있는 수만 가지 방법을 생각해 봤다. 그러나 그 어떤 방법도 피를 보지 않을 수가 없었고 나는 쓰라린 현실을 받아들여야만 했다. 물론 나는 『셋이모』를 정말 사랑하고 이들과 함께 『셋이모』를 쓸 수 있었던 건 내게 주어진 최고의 행운 중 하나라고 생각한다. 그저 내가 하고자 하는 말은, 또 다른 에세이를 써야 한다는 사실이 그런 엄청난 행운을 물리고 싶을 정도로 심각한 불안을 야기했다는 것이다. 그러니까, 불안. 우리가 무언가를 쓰고자 할 때 맞닥뜨리는 첫 번째 난관. 사실상 준비란 바로 그

난관을 극복하기 위해 필요한 것이다.

충족되는 욕망

그렇게 생각한 지 3년이 지났다. 여러 가지 생각이
든다…… 계획이란 무엇인가? 글쓰기란, 시간이란 무엇이고,
또 무엇보다 계약이란 무엇인지……

하지만 여기에도 교훈은 있다. 일반적으로 준비라는
비-행위가 갖는 미묘한 지점이 있는 것이다. 준비는 특정한
행위로 이행하기 위한 필수적인 단계이지만, 이 이행은
부드럽고 연속적이라기보다 어떤 급격한 단절을 통해서만
이루어질 수 있는 것처럼 보인다. 이는 준비가 행위와
대립되는 측면이 있다는 것을 뜻한다. 준비가 대개 달콤한
이유는 우리가 실제로는 무엇인가를 하지 않으면서 그것을
하고 있다는 어떤 환상을 선취하게 해 주기 때문이다. 어떤
의미에서 준비는 시작의 무한한 지연이다. 마찬가지로
글쓰기의 '준비'라고 할 만한 것들을 떠올려 보자. 글을
쓰기 위해 돈을 버는 것, 영감을 얻기 위해 음악을 듣는 것,
소재를 얻기 위해 특정한 체험을 시도하거나 영화를 보는
것, 글쓰기에 대해 생각하는 것, 스포츠 관람(왜냐하면 우리

팀이 어떻게 하고 있는지 확인하지 않으면 도통 마음이 진정되질
않으니), 제대로 된 글을 쓰기 위해 읽어야 하는 수만 권의
책들(내가 쓰려고 하는 글을 이미 누군가 더 잘 써 놓았다면 도대체
무슨 이유로 글을 쓴다는 말인가?), 그 외 뜨개질, 새치 염색,
탁구 스윙 연습, 설거지, 코인 노래방 가기, 등등…… 다시
말해 세계 전체가 준비의 영역에 속해 있다. 만약 그렇게
보겠다고 마음만 먹는다면 말이다.

그러니 무엇인가를 준비하는 사람이 끊임없이 듣는
소리가 있다. 너는 사실 아무것도 하지 않고 있다는 것이다.
준비란 아무것도 아니다. 그리하여 준비를 하는 사람이
가장 싫어하는 것은 바로 '어떤 것', 즉 현실 자체다. 취업
준비생의 명절이 끔찍한 것은 그에게 아직 준비되지 않은
현실이 들이닥치기 때문이다. 예전에 나는 문학을 공부하기
위해 대학교를 1년 휴학하겠다고 동생에게 말한 적이
있는데, 동생은 "그거 그냥 인생 공부한다는 거랑 비슷한 뜻
아니야?"라고 물었다. (내가 동생을 좋아하는 이유이다……)

하지만 준비의 이런 측면이 꼭 부정적인 것만은 아니다.
왜냐하면 준비가 가지고 있는 회피하고자 하는 성향,
지연시키고자 하는 성향은 그것이 곧 욕망의 문제와
직결되어 있음을 말해 주는 것이기 때문이다. 사실
욕망이야말로 자신의 대상에 대한 회피로써 정의되는

바로 그것이다. 욕망과 욕망의 대상은 끊임없이 어긋나는 관계를 갖는다. (이전 시점에서) 욕망의 성취라고 보이는 것은 (성취한 후의 시점에서) 욕망의 파괴인 것이다. 한때 욕망의 층위에서 나를 가장 강하게 사로잡았던 대상은 치킨이었던 것 같다. 왜냐하면 치킨이 맛있었기 때문이 아니라, 치킨을 먹고 난 후에 항상 어딘가 부족하다는 생각이, '이 맛이 아닌데'라는 생각이 들었기 때문이다. 내가 먹은 치킨은, 언제나, 내가 먹으려고 했던 바로 그 치킨이 아니었다. 그러나 그렇기 때문에 나는 계속 치킨을 시킬 수밖에 없었다. 나는 내가 먹은 치킨을 치킨으로 인식하기를 거부함으로써 치킨에 대한 욕망을 유지하고 있었던 것이다. 내가 치킨을 더 이상 이전처럼 즐기지 않게 된 것은, '그래, 그냥 이게 치킨이구나……' '나는 정말 치킨을 먹은 것이구나'라고 생각하게 된 이후였다. 대상의 획득, 그것이 바로 욕망의 상실이다. 어쩌면 그냥 나이가 들고 소화기관이 더 이상 버틸 수 없게 되어서일 수도 있지만……

　이것은 헛된 공회전처럼 보이지만, 어쨌든 우리가 욕망 없이 어떤 것도 시작할 수 없다는 점은 명백하다. 준비 역시 욕망과 마찬가지로 행위의 불가피한 출발점이다. 그런데 거기에 더해 우리가 '준비에 대한 욕망'이라는 것을 생각해 보았을 때 드러나는 더욱 중요한 측면이 있다. 바르트는

자신의 강의에서 시험공부를 준비하기 위해 책상을
정리하는 학생이라는 전형적인 장면 하나를 끌고 온다.

> 1891년 말경에 나는 코마코메에서 집 한 채를 빌렸다……
> 나는 그곳에서 혼자 지내며 교과서 대신 하이쿠와 소설을
> 읽으며 시간을 보냈다. 시험 이틀 전에 책상을 정리했다.
> 교과서로 하이쿠와 소설을 대체했다. 얼마 전까지만 해도
> 너저분했으나 지금은 깨끗하게 정리된 책상 앞에서 어찌나
> 격렬한 기쁨을 느꼈던지…… 하이쿠가 내 안에서 솟구치기
> 시작했다. 내 의식의 표면에서 부글부글 끓는 기포처럼 말이다.
> 나는 교과서를 폈다. 하지만 한 줄도 눈에 들어오지 않았다.
> 한 편의 하이쿠가 내 안에서 완성되고 있었던 것이다. 나는
> 시험 준비에 완전히 몰두하기 위해 빈 종이를 멀리 치워 놓은
> 상태였다. 해서 전등갓에다 하이쿠를 적었다. 하지만 벌써 또
> 다른 하이쿠가 형성되고 있었다. 그리고 또 다른 하이쿠가. 얼마
> 되지 않아 전등갓이 하이쿠들로 가득 찼다.[2]

쉬키가 썼다고 하는 이 글의 제목은 '하이쿠에 대한
욕망'이다. 그러나 내가 보기에 이 짧은 글에서 표현되고

2　롤랑 바르트, 같은 책, 72쪽.

있는 것은 '준비에 대한 욕망'이다. 쉬키는 시험공부를 해야 하지만, 그 전에 먼저 자신 안에서 떠오르는 하이쿠들을 종이에 옮겨 놓음으로써 자신을 비워 내야만 한다. 하이쿠를 쓰기, 그것은 공부를 하기 위한 몸과 마음을 만들어 내기 위한 준비의 과정인 것이다. 그러나 이 준비의 과정은 그 자체로 생산의 과정이기도 하다. 우리는 여기서 준비에 대한 욕망이 갖는 자기배반적 성격을 본다 —— 그것은, 물론 역설적이게도, 정의상 충족되는 욕망인 것이다. 그리고 이것은 사실 우리가 준비로부터 어떤 생산적인 행위로 나아갈 필요가 없음을 말해 준다. 만약 앞서 이야기한 것처럼 준비의 영역이 세계 전체를 포함한다면, 그 안에는 분명 이미 생산적인 행위 또한 있을 수밖에 없다.

그러니 어쩌면 에세이를 쓰기 위해 해야 하는 첫 번째 준비는 글쓰기 자체를 하나의 준비 과정으로 바라보는 일이다. 하지만 무엇의 준비일까? 우리가 글쓰기를 할 때 유예하는 것을 생각해 보자. 위에 언급되었던 '취준생'이 피하고자 했던 것, 그것은 글쓰기를 제외한 현실 전체, 즉 우리의 삶이다. 글쓰기는 삶의 준비이자, 아직 삶을 재개하지 않으려는 의지, 조금만 더 있다가 살려고 하는 의지이다. 그것은 아직 아무것도 아니다. 그러나 우리는 이 아무것도 아닌 것을 가지고 무엇인가를 해야 한다. 준비는 우리가

가진 무한한 무(無) 중 하나이다…… 비슷한 맥락에서
나는 이 책이 적어도 두 가지 측면에서 실용적이기를, 보다
정확히 이야기하자면 **현실적이기를** 원한다. 하나는 나에게
무엇인가를 쓰게 하는 것이고 다른 하나는 다른 누군가에게
무엇인가를 쓰게 하는 것이다. 준비라는 비-현실 안에 이미
존재하는 현실을 포착하기. 준비에 대해 틀림없이 많이
생각했을 프란츠 카프카에 따르자면, "그것도 사람들이
'그에게 망치질은 무이다'라고 말할 수 있는 식으로가 아니라
'그에게 망치질은 진짜 망치질인 동시에 무이기도 하다'라고
말하는 식으로 말이다. 그렇게 되면 실로 그 망치질은 더
대담하고, 더 단호하며, 더 현실적인 것이 되고, 당신이
바란다면 더 미친 짓이 될 것이다."[3]

3 발터 벤야민, 최성만 옮김, 『카프카와 현대』(도서출판 길, 2020), 106쪽.

2화

인생에서 벗어나는 순간은 없다

이유 없음

좋다. 더 대담하고, 더 단호하며, 더 현실적이고, 더 미친 짓이 될 수도 있는 망치질. 하지만 이런 문제가 있을 수 있다: 나는 망치가 없는데? 혹은 내려칠 무언가가……

그것이 우리가 불안을 이겨내고 쓰기를 시작했을 때 곧바로 맞닥뜨리는 문제이다. 그러니까, 무엇을 쓸 것인가? 문제는 내 안에 아무것도 없다는 것이다. 사실 글쓰기의 불안에 아무 이유가 없던 것은 아니다. 오히려 불안에는 언제나 정확한 이유가 있다. 그 정확함은 우리가 생각하는 것 ─ 나는 이것저것을 경험했고 이런저런 생각을 했으며 그것 중 어떤 것은 다른 누가 겪어 보지 못했거나 생각하지

않았던 것이라서 내가 쓰면 사람들이 재미있게 읽을 수도
있을 거야 — 이상으로 사람인 이상 우리의 경험은 대개
비슷하고 내가 생각했던 것은 언제든 누군가 생각했었던
것이며 그러므로 글쓰기란 근본적으로 불가능하다는 사실에
대한 확신이다. 간단히 말하면 상황은 아래와 같다.

  1. 쓸 것이 하나도 없다.
  2. 하지만 써야 한다.

  그런데 이 도식은 우리의 상황을 잘 나타내 주는 것
같지만 동시에 어딘가 이상하기도 하다. 왜냐면 누구도
글을 쓰라고 내게 명령한 적은 없기 때문이다. 마감이
있는 경우라면 조금 다를 수 있겠지만, 사실을 말하자면
마감이라는 것도 길고 긴 인생의 관점에서 보았을 때
아주 사소한 일일 뿐이다. "그냥…… 안 쓸래요!" 이렇게
얘기하고, 심한 욕을 먹은 뒤 다시는 그 출판사와 일을
하지 못하게 되는 상황으로 자신을 몰아넣는 방법도 있다.
(물론 다른 길을 찾을 가능성이 극히 적은 전업 작가의 경우는
예외겠지만……) 이는 극단적인 예시이긴 하지만, 내가 말하고
싶은 것은 글을 쓰기 시작했을 때, 그리고 쓰는 도중에, 쓰고
난 후에 (그리고 다시 새로운 글을 시작하기 전에) 우리는 이와

같은 상황 속에서 항상 같은 질문을 던지게 된다는 것이다. 쓸 것이 하나도 없다. 하지만 써야 한다. 그런데 왜 쓰고 있는 거지?

이 '왜'라는 질문이 늘 골칫거리다. 누군가는 돈 때문이라고, 또 누군가는 그것을 즐거움 때문이라고 말할 수 있다. 일단 나는 돈 때문에 글을 쓰는 것은 아니다. 안타까운 일이지만 나는 아직 그 단계까지는 오르지 못했다. (언젠가는 그렇게 되고 싶긴 하다……) 글쓰기가 전혀 돈이 되지 않는다는 말은 아니다. 나의 경우에 돈을 벌기 위해 글을 쓰는 것은 매우 비효율적인 방법이며, 정말 돈을 벌고 싶으면 다른 직군에 취업을 해 일을 하는 것이 훨씬 빠르다는 것이다. 그렇다면 즐거움 때문일까? 하지만 그렇다고 하기엔 내가 지금 느끼고 있는 고통과 불안, 초조함, 답답함, 민망함과 절망, 기타 등등을 섞은 이 감정이 마냥 즐거움인 것 같지만은 않다.

최근에는 더욱 글쓰기의 즐거움을 강조하는 경향이 있다. 돈이나 문학적 명성, 권위 등에서 자유로워져야 하며, 글쓰기라는 활동이 주는 즐거움을 찾아야 한다는 것이다. 그런데 나는 즐거움이라는 것을 별로 믿지 않는다. 물론 나도 글쓰기를 비롯한 이런저런 일들에서 때때로 즐거움을 느끼며 그럴 때 매우 기쁘고 만족스럽다. 내가 의심하는

것은 어떤 일을 하는 데 있어서 즐거움이 중요하다는
'말'이다. 우리가 무엇인가를 즐거움 때문에 한다고 할 때,
그것은 우리에게 어떤 내적인 충만함, 즉 외부의 간섭 없이
주체적으로 시작되며 동시에 그것 자체만으로 만족스러운
어떤 활동이라는 환상이 필요하기 때문일 때가 많다.
'스스로의 즐거움이 가장 큰 동력이어야 한다'는 말은 그래서
어떤 활동을 하는 사람을 북돋아 주는 말이라기보다 순수한
즐거움을 동력으로 삼지 못하는 주체의 죄책감을 자극하는
말일 가능성이 높다. 어떤 의미에서 그것은 '하기 싫으면
하지 마!'라는 익숙한 호통과도 닮아 있다. 그런데 왜 하지
말라는 것일까? 사람들은 때때로 하기 싫은 것을 하고 싶어
한다. 더 단순히는 하기 싫어서 하고 싶어 하기도 한다.
때때로 우리는 괴로움을 원하며 그것은 좋은 일도 나쁜 일도
아니다.

　동시에 그런 말은 행위에 내재한 어떤 근본적인 이유
없음을 은폐한다. 내가 생각하기에 이유라는 건 뭔가를
하지 않으려고 할 때 필요한 것이다. 뭔가를 하는 데에는 큰
이유가 필요하지 않고 사실 이유가 거의 혹은 전혀 없을 수도
있다. 글을 쓰는 사람한테 왜 이런저런 종류의 글을 쓰냐고
물어보면 이런저런 이유들을 열심히 떠올려 보고 짜맞춰
보지만 잘 맞아떨어지지가 않고 제대로 설명하는 것이 거의

불가능하다는 것을 알게 된다. 글을 쓰지 않는 사람에게는 항상 완벽한 이유들이 있다. 그 이유들은 아무리 사소한 것이라도 언제나 맞아떨어진다. 남는 것은 무엇일까? 푸코는 한 인터뷰에서 '글쓰기의 즐거움'에 대한 질문을 듣고 깜짝 놀라 이렇게 이야기한다.

글을 쓴다는 것이 과연 그렇게 재미있는 일일까요? 루셀은 『나는 내 책 몇 권을 어떻게 썼는가』에서 끊임없이 자신이 어떤 고통과 공포, 난관의 한가운데에서, 어떤 불안을 거쳐, 자신이 쓴 것을 썼는지 상기시키고 있습니다. 루셀이 말하는 유일한 행복의 커다란 순간은 첫 번째 책을 완성한 이후에 찾아온 계시와 법열뿐입니다. 실제로는, 거의 유일한 이 체험을 제외한다면, 내게는 루셀의 나머지 일생 전체가 모두 극히 어두운 터널과도 같은 길고도 고된 여정이었던 것처럼 보입니다. 루셀이 여행을 하면서도, 글쓰기에 몰두했을 때에는, 사람들 그리고 심지어는 풍경을 보지 않기 위해 자동차의 커튼을 늘 내려놓고 다녔다는 사실 자체가 루셀이 쓰고 있던 존재와 사물에 대한 일반적 환대, 환희, 기쁨이 아니었음을 잘 보여 줍니다.

이는 글쓰기의 즐거움이란 존재하지 않는다는 것을 말하는 것일까요? 모르겠습니다. 한 가지는 확실합니다.

나는 글쓰기라는 매우 거대한 의무가 존재한다고 믿습니다. 글쓰기에 대한 이런 의무가 어디에서 오는 것인지는 나도 잘 모르겠습니다.[1]

여기서 푸코가 의무라고 말하고 있는 것은, 앞서 말한 이유 없음을 형식화해 주는 개념이다. 어디서, 어떤 경로로 글쓰기의 의무가 찾아오는 것인지는 모른다. 그러나 중요한 것은 어느 순간 글을 쓰는 사람은 스스로에게 글쓰기라는 의무를 부여하며, 그 이후로는 의무에 충실하느냐 그렇지 않느냐의 선택이 남아 있을 뿐이라는 것이다. 이런 의무의 특성은 그것이 나에 의해 부과되는 것이기는 하지만, 일단 부과되고 난 후에는 나의 타자가 되어 나의 바깥에서 나를 강제한다는 점에 있다. 그것이 나의 바깥에 있기에, 나는 내가 왜 그러한 의무를 스스로에게 부여했는지 알 수 없게 된다. 그러나 동시에 이 의무는 여타의 이유 없이도 글쓰기라는 행위를 지속할 수 있게 해 준다. 푸코는 글쓰기의 즐거움이 존재하느냐 그렇지 않느냐의 질문에 대해서는 모르겠다고 말한다. 그는 다만 글쓰기란 그것이 존재하는지와는 상관이 없는 것이라고, 글쓰기의 동기가

[1] 미셸 푸코, 허경 옮김, 『상당한 위험』(그린비, 2021), 50쪽.

자신의 즐거움이나 괴로움, 기쁨, 슬픔 등의 감정과 무관한
층위에 존재한다고 말하는 것이다. 롤랑 바르트는『마지막
강의』에서 "시도하기 위해 희망할 필요도 없고, 지속하기
위해 성공할 필요도 없다."[2]고 말한다. 글을 쓰는 사람에게
글쓰기가 하나의 의무로서 주어진다는 것은, 그것이 자신의
즐거움과 행복을 포함한 일체의 이유와 무관하게 지속되는
행위라는 것을 의미한다. (혹은 그 지속을 위한 방법일 것이다.)

자급자족

만약에 그렇다고 한다면…… 그러니까 써야 한다는
명령이 절대적이어서 쓸 것이 없다는 현실에 선행하는
것이라면, 소재에는 근본적으로 아무런 의미가 없다.
그리하여 쓸 것이 없음에도 불구하고 나는 무엇인가를 쓴다.
하지만 동시에 경험 없이, 정확히 말하자면 경험이라고 할
만한 경험 없이 써야 한다. 그렇지만 상황이 그렇게 나쁜
것만은 아니다. 어쩌면 경험은 처음부터 중요하지 않은
것이었을 수도 있기 때문이다. 정지돈은 이렇게 이야기한다.

2 롤랑 바르트, 변광배 옮김,『롤랑 바르트, 마지막 강의』(민음사, 2015), 56쪽.

내가 쓴 대부분의 글이 그렇듯 나는 어딘가에 가지 않았을 때 그곳에 대해 더 잘 안다. 어떤 사람들은 사기라고 하고 어떤 사람들은 소설가다운 재주라고 하지만 이건 자연스러운 일이다. 사람들은 발로 뛰는 경험이라는 관념에 너무 사로잡혀 있다.[3]

지금은 꼭 그렇지만은 않지만, 나는 예전부터 여행을 좋아하지 않았다. 여행이 인생의 경험이고 사람은 여행을 통해 지적으로나 인간적으로 성장할 수 있다는 말도 믿지 않았다. 이런 말을 들으면 나는 언제나 칸트의 이야기를 꺼내 들었다. 칸트는 그렇게 위대한 철학적 작업들을 해냈지만 단 한 번도 자신이 살던 도시를 떠난 적이 없었다고! 파울로 코엘료의 세계적인 베스트셀러 『연금술사』 이야기도 마찬가지다. 그는 무엇인가를 찾기 위해 세계 곳곳을 떠돌아다니지만 결국 집으로 돌아오며, 그가 찾던 가장 소중한 가치(그게 뭐였는지는 까먹었다. 금은보화였나······)는 집의 뒷마당에 있다. 나는 『연금술사』의 안과 밖을 이루는 대부분의 것들에 찬성하지 않지만, 이 소설의 가장 중요한 핵심과 그것을 뒷받침하는 풍부한

3   정지돈, 『당신을 위한 것이나 당신의 것은 아닌』(문학동네, 2021), 55쪽.

내용을 제외한 나머지만큼은 받아들일 만하다고 생각한다. 우리가 무엇인가를 찾는다면 향해야 할 곳은 지평선 저 너머가 아니라 우리 집 뒷마당이다. 물론 나는 집도 없고 뒷마당도 없고 뒷마당이 있는 집이 생긴다 하더라도 그곳에 금은보화가 묻혀 있지는 않을 것이다. 중요한 것은 금은보화(아까 우리가 제거한 그 핵심)가 없어도 뒷마당에 가야 한다는 사실이다. 애초에 우리가 찾던 것은 금은보화가 아니기 때문이다. 오히려 그것은 금은보화의 반대라고 불러야 할 어떤 것인지도 모른다……『장식과 범죄』의 저자이자 모더니즘 건축가였던 아돌프 로스는 언제나 뒷마당으로 향하는 것의 중요성을 알고 있었다.

몽퇴르, 아름다운 제네바 호숫가에 관리 사무소를 짓는 영광스러운 프로젝트가 내게 맡겨졌다. 그곳 호숫가에는 돌이 많았고, 거기 호숫가에서 오래 산 주민들은 모두 이 돌로 집을 지었기에 나도 그렇게 하려고 했다. 우선은 건축 견적에서 드러나듯(생각보다 훨씬 적게 받는다.) 그게 비용이 싸게 들고, 두 번째는 운송하는 데 힘이 덜 들기 때문이다. 나는 원래 일이 많은 것에 반대하고, 나와 일하는 사람들도 같은 생각이었다.[4]

4   아돌프 로스, 이미선 옮김, 『장식과 범죄』(민음사, 2021), 86쪽.

"나는 원래 일이 많은 것에 반대"한다라…… 조금 다른
이야기이긴 하지만 나는 이런 것이 감동을 주는 좋은
문장이라고 생각한다. 올바른 생각이 진솔하게 표현되어 있기
때문이다. 여기서 올바르다는 것은 꼭 윤리적이거나 정치적인
올바름을 이야기하는 것만은 아니다. 어쨌든 나도 일이 많은
것에 반대한다. 그러므로 글쓰기의 소재 역시 가까운 곳에서
찾아져야 한다고 생각한다. 글쓰기와 가장 가까운 소재는
무엇인가? 그것은 글쓰기다……

그것이 내가 소위 말하는 '소설가 소설'과 메타 시, 그리고
금정연의 서평을 좋아하는 이유이다.(왜냐하면 금정연의 서평은
'서평가 서평'이기 때문이다……) 이런 방식의 글쓰기에는 늘
효율성과 단순함의 미학이 있다. 하지만 그 효율성과 단순함은
종종 소재의 고갈이나 편법, 현학조의 장난 혹은 타락의
징후이자 지루한 것, 궁극적으로 전혀 미적이지 않은 것으로
여겨지고는 한다. 아돌프 로스 역시 같은 문제를 겪었다. 그의
신념에 따라 주변에서 구하기 쉬운 재료를 가지고 최대한
단순하게 지어 올리려 했던 이 건물은 결국 지어지지 못한다.
시 당국으로부터 "단순하기 때문에, 따라서 추하기 때문에,
이런 건물을 세우는 것은 금지한다는 증명서"[5]를 받은 것이다.

5 아돌프 로스, 같은 책, 86쪽.

그러니 여기에 작용하고 있는 것은 글쓰기의 소재, 그리고 그것을 넘어 경험 자체에 대한 어떤 위계이다. 말하자면 글쓰기에는 다루어지기 적당한 것이 있고 다루어져서는 안 되는 것이 있다는 생각이다. 글쓰기 외부의 체험은 '진정한' 것으로, 글쓰기와 관련된 체험은 손쉽게 얻을 수 있는 얄팍한 것, 체험의 결핍으로 여겨진다. 하지만 글쓰기의 가장 큰 함정은 내가 아닌 다른 누군가의 경험, 내게 중요한 것이 아니라 내가 아닌 다른 누군가에게 중요하게 여겨질 법한 경험을 선택하는 것이다.

　사람들은 그것을 얕보고, 물질주의 시대에는 그것을 부끄러워하기 시작한다. 그때 빈의 훌륭한 옛 회반죽은 학대당하고 욕보임을 당했으며, 그것이 누구이고 무엇인지 더는 충분히 말해지지 않았으며, 돌을 모조하는 데 사용되었다. 왜냐하면 돌은 비싸고, 회반죽은 싸기 때문이다. 그러나 세상에는 비싼 재료도 싼 재료도 없다. 공기는 우리한테는 싸지만 달에서는 비싸다. 신과 예술가에게 모든 재료는 똑같고 귀중하다. 그리고 나는 인간이 세상을 신과 예술가의 눈으로 관찰하는 것에 찬성한다.[6]

6　아돌프 로스, 같은 책, 92쪽.

오래된 글이기에 예술가와 신에 대한 다소 낭만적인 관점을 채택하고 있지만, 이 글이 주장하는 것은 모든 사물을 평등하게 바라봐야 한다는 것이다. 우리가 삶에 대해 쓴다면, 더 나은 삶이나 더 가치 없는 삶은 없다. 존 케이지는 그것을 이렇게 이야기했다. "인생에서 벗어나는 순간은 없다."[7]

글쓰기 역시 마찬가지로 우리의 삶에 속한다. 그러므로 글쓰기가 글쓰기를 소재로 삼는 것 역시 지극히 자연스럽다. 나는 그것이 오한기가 『나는 자급자족한다』라는 제목의 소설을 쓴 이유라고 생각한다. 오한기가 이후에 발표한 『인간만세』라는 소설은 작가인 화자가 답십리도서관에서 상주작가를 하며 『나는 자급자족한다』를 쓰게 되기까지의 이야기인데(여기서도 자급자족의 구조를 발견할 수 있다.), 거기서 화자는 똥을 먹는 환상의 괴물 EE를 만난다. 이게 다 무슨 소리인가 싶지만, 여기에 자급자족의 핵심이 있다. 글쓰기는 우리가 생산한 바로 그것을 재생산의 원료로 투입한다. 똥은 우리가 싫어하는 것, 더러워하는 것, 아무 가치가 없다고 생각하는 것이다. 그러나 오한기에게는 바로 그렇기 때문에 그것이 글쓰기의 가장 탁월한 주제가 된다. 사실 글을 쓰는 것과 관련된 삶을 소재로 삼는 것에 대한

---

7 존 케이지, 나현영 옮김, 『사일런스』(오픈하우스, 2014), 167쪽.

공격은 언제나 이중적인 전략에 속해 있다. 그것은 글쓰기 자체가 소재로 다뤄지기에는 충분히 가치 있지 않으므로 삶의 다른 국면을 다뤄야 한다고 명령하는 동시에, 글쓰기를 그러한 다른 삶들의 유일한 대변자로 특권화한다. 그러므로 이 특권화에 저항하기 위한 방법은 그 어떤 구별도 없이 쓰는 것이다. 글쓰기는 마주친 것들을 소재로 삼으며, 글쓰기의 목적은 마주치는 모든 것을 쓸 수 있는 것으로 바라보는 방법을 획득하는 것이다. 김유림의 시 중 내가 정말 좋아하는 한 구절이 그것을 명료하게 표현하고 있다. "버려야 되는 것과 버리면 안 되는 것. 그것은 같은 것이다."[8]

8   김유림, 「우리가 굴뚝새를」, 『별세계』(창비, 2022), 23쪽.

3화

모조 마음

2021.03.19.

금정연의 글을 보고 천재라는 것에 대해 생각을 했다. 나는 보통 천재나 재능에 대해서 잘 생각하지 않는데 오늘은 그냥 그 글을 읽다 보니 뭔가 깨달은 게 있었다. 재능이란 질리기의 능력이다. 질린다는 건 아주 중요한데, 왜냐면 사람은 질리지 않으면 절대 다른 것을 하려고 하지 않기 때문이다. 사람들이 뭔가를 패배 때문에 그만둔다는 건 낭설이다. 나는 패배 때문에 그만두는 사람을 본 적이 없다…… 사람들은 질리지만 않으면 아무리 많이 져도 그것을 계속한다. 때문에 빨리 질리는 것만이 다른 것을 시도해 볼 수 있는 유일한 방법이다. 천재들은 뭔가를 해 보기도 전에 벌써 질려 한다.

벌써 재미가 없는 것이다. 그래서 그들은 재미있는 부분으로
곧장 진입할 수 있다. 나는 전형적인 둔재로 직접 해 봐야지만
쓸데없다는 걸 아는 타입이다. 전형적인, 똥인지 된장인지
먹어 봐야 아는, 그런…… 물론 이런 의미에서 진짜 천재는
아무것도 하지 않는 사람일 것이다. 사실 그것도 맞다.
하지만 만약 재능은 탐나지만 아무것도 하지 않는 사람이
되고 싶지는 않다면? 그래서 재능과 노력이 겸비되어야 좋은
결과가 있다고들 하는 것이다. 물론 좋은 결과란 완벽한
천재에게는 필요 없는 것이지만. (이미 질려서 그만두었을
것이므로.) 그렇다면 노력은 무엇인가? 극장에 가는 걸
싫어한다는 정지돈에게 금정연은 묻는다. "싫어하는 것치고
극장에 너무 자주 가는 거 아니에요?" 그러자 정지돈은
이렇게 대답한다. "정연 씨, 하고 싶은 것만 하며 사는 사람은
없어요." 이게 노력이다. 하기 싫어도 하는 것.

　정리해 보자. 금정연의 재능: 글쓰기에 질려 버렸다. (그의
트위터를 보면 알 수 있다.), 금정연의 노력: 그래도 쓴다……
재능과 노력의 겸비. 하기 싫은 일을 하는 사람은 그것을
최대한 빨리 끝내고 싶어 하므로 정말 꼭 해야 하는 것만
하게 된다. 정말 중요하지 않은 것은 과감하게 생략한다.
이로부터 극도의 정확성과 경쾌함이 자연스럽게 따라오게
되어 있다.

하지만 모두가 금정연이 될 수 없다면

에세이의 준비, 에세이를 쓰기 위해 준비물들을 점검하던 중이었다. 이때까지 챙긴 것은 다음과 같다. 이유: **필요 없음.** 소재: **필요 없음.** (모든 곳에 있음.) 이번엔 재능이다. 글을 쓰는 데 재능이 필요할까? 당연히 그렇지 않다⋯⋯ 아니, 그러면 금정연 이야기는 뭐였냐고? 물론 위의 일기는 실제로 내가 쓴 것이다. 하지만 다음을 명심해야 한다. 우리는 바로 보아야 하고, 반대로도 보아야 하며, 둘 모두 옳다는 것을 알아야만 한다. 언어라는 것이 그렇다. 언어는 결코 우리를 지지해 주는 난간이 될 수 없다. 어쨌든 지금 우리의 목표는 가방을 최대한 가볍게 만드는 것이다. 여느 때처럼 존 케이지가 도움을 줄 수 있을 것이다. 내가 생각하기에 존 케이지는 다른 무엇보다도 가방 비우기의 대가이다. 뒤집어서, 탈탈⋯⋯ 그는 이렇게 썼다.

누가 재능이 있다고? 그래서? 재능은 흔하고 인구는 넘친다.
식량은 인구수보다도 과잉 생산되며 예술도 마찬가지다.
우리는 식량을 태우는 단계까지 이르렀다. 예술을 태우기
시작할 때는 언제일까? 문은 한 번도 잠겼던 적이 없다.[1]

---

[1] 존 케이지, 나현영 옮김, 『사일런스』(오픈하우스, 2014), 122쪽.

그것은 나가는 문일 수도 있고, 들어오는 문일 수도 있다. 내가 시 쓰기를 시작한 것은 시 쓰기에 재능이 거의 필요하지 않다고 생각했었기 때문이다. 그러니까 나는 최대한 상식적으로 생각하려고 했다. 재능이란 무엇일까? 만약 문학사에 남는 위대한 시인이 되려면 거기에는 당연히 재능이 필요할 것처럼 보인다. 하지만 문학사에 남는 위대한 시인들만 시를 쓰는 것은 아니다. 나는 시집 한 권을 출판하는 것을 목표로 삼고 거기에 얼마만큼의 재능이 필요할지 생각해 보았다. 사람들이 별로 읽지 않고 비평적으로도 전혀 주목받지 않는 시집 한 권을 내는 데에도 그렇게까지 많은 재능이 필요할까? 그리고 그 시집을 내는 데까지 내게 10년의 기한을 준다면…… 그렇게까지 상정하자 내가 하려는 일에 큰 재능이 필요하지는 않을 것 같다는 생각이 들었다. 물론 10년 동안 그렇게 시를 쓰는 데에 몰두하다 보면 많은 것을 포기해야 하고 10년 후의 내가 몹시 어려운 처지에 있게 되겠지만, 나는 일단 10년 후의 내가 잘 해낼 것이라고 생각했다. 나는 10년 후의 내가 아니었으므로……

착취

대학생 때 했던 문학 동아리에서 이영광 시인을 초청해 강연을 열었던 적이 있었다. 그때 나는 막 시를 읽기 시작할 무렵이었고 이영광 시인이 누구인지도 몰랐었다. 그런데 우리 과에 '문예창작교육론'이라는 수업이 열렸고 강사가 이영광 시인이라기에 주변 친구들에게 이분이 누구인지 물어봤더니, 정말 좋은 시인이라며 꼭 강의를 들으라고 권유했다. 나는 강의를 신청했고, 첫 시간에 이영광 시인은 오리엔테이션을 하며 칠판에 강의명을 크게 적었다.

문예창작교육론

그리고 이렇게 말했다. 나는 문예는 잘 모르고, 시만 쓸 줄 압니다. 그렇게 말하며 그는 '문예'라는 글자에 크게 X를 치고 그 옆에 '시'라고 썼다.

그리고 이렇게 말했다. 그리고 시는 조금 알지만, 교육에 대해서는 잘 모릅니다. 그렇게 말하며 그는 '교육'이라는 글자에 크게 X표를 치고 그 옆에 아무것도 적지 않았다.

그리고 이렇게 말했다. '론'이라는 것은 이론을 말하는데, 저는 이론에 대해서도 잘 모릅니다. 그렇게 말하며 그는

'론'이라는 글자에도 크게 X표를 치고 그 옆에 아무것도 적지 않았다.

칠판에는 시 창작, 이라는 글자만 남아 있었다.

그래서 우리는 시 창작 수업을 열심히 들었다. 알고 보니 동아리 친구들은 나를 강의에 투입시킨 뒤 그걸 빌미로 동아리 초청 강연을 섭외하게 만들 속셈이었다. 그런데 문인 초청 강연 같은 것을 기획해 본 적이 한 번도 없었기에 얼마를 드려야 할지 잘 몰랐다. 우리는 우리의 기준에서 생각을 열심히 해 보았다. 동아리비가 1년에 20만 원 정도 들어오니까, 강연료는 10만 원 정도면 괜찮지 않을까? 대 시인이시기도 하고……(요즘 같은 때에는 큰일 날 생각이지만, 어쩐 일인지 그때 우리는 대 시인에게는 강연료를 덜 줘도 된다고 생각했던 것이다.) 그렇게 섭외가 되었다. 우리는 이영광 시인의 시집을 가지고 세미나도 하고, 발제문도 써서 책자를 만들고 홍보를 거쳐 강연회를 열었다. 이영광 시인은 강연이 있던 건물 앞 벤치에서 소주 한 병을 마시고 왔다고 했다. 이런 자리는 너무 긴장이 되어서 맨정신으로 서 있기는 힘들다는 것이었다. 그리고 이런 이야기도 했다. 문단 술자리에 가면 처음에는 좋지만 나중에는 어김없이 싸움이 나고는 하는데, 1등 시인들은 대부분 그냥 조용히 있는다. 그런데 꼭 2등 시인들이 화가 나서 주변 사람들한테 그렇게 시비를 건다는 것이다. 우리는 그 이야기를 듣고 가볍게 웃었는데, 갑자기 누군가가 손을 들고 질문을 했다. "그럼 선생님은 몇 등 시인이신 건가요?" 그러자 이영광 시인이 헛웃음을 지으며 대답했다. "나는 3등 시인이야……"

나는 바로 이것이라고 생각했다. 3등 시인이 되자. 그리고 3등 시인이 제일 멋있구나. 그 뒤로 이영광 시인을 만나거나 이야기한 적은 없다. 하지만 이영광 시인에게 수업을 들었던 한 학기는 무척 소중하고 뜻깊은 시간이었고, 그래서 나는 첫 시집이 출간되고 이영광 시인에게 "선생님 금방 뵈러 갈게요!"라고 아주 막역한 사이인 것처럼(지금 와서는 내가 왜 그랬는지 잘 모르겠고 솔직히 이야기해서 그때는 전반적으로 조금 들떠 있었던 것 같다……) 서명을 해서 책을 보냈는데, 무슨 연락이 있거나 하지는 않았다. 그리고 나도 아직 찾아뵈러 가지는 못했다. 인생이 흘러가는 방향은 정말 종잡을 수 없다. 맛있는 거 사 드려야 하는데…… 그때 이영광 시인은 강연료 10만 원을 뒤풀이 자리에서 모두 쾌척하셨다. 이런 푼돈 받으려고 한 거였으면 애초에 오지도 않았다고 말하며. 그리고 이영광 시인 초청 강연을 계기로 우리는 용기를 얻어 다른 몇몇 문인들을 불러 정기적으로 초청 강연회를 열기 시작했다. 내부 회의 결과 10만 원은 아무리 생각해도 너무했던 것으로 판단되어 다음 강연회부터는 강연료가

30만 원으로 올랐다. 인생이 흘러가는 방향은 정말 종잡을 수
없다……

답장 금지

　하지만 모르겠다. 준비물들을 다시 점검해 보자. 이유도,
소재도, 재능도 필요 없다. 그러나 그렇다고 해서 글쓰기가
조금이라도 쉬워지는 것은 결코 아니다. 그렇지 않다면 이
글은 3년 전에 책으로 출간되었을 것이다. 나는 이런 점검을
통해 누구나 글쓰기를 할 수 있다는 주장을 하고 싶었던
것은 아니다. 글쓰기를 특별한 누군가만 할 수 있어서가
아니라, 누구나 글쓰기를 할 수 있다는 것은 내가 굳이 소리
높여 떠들고 다닐 필요가 없는 엄연한 사실이기 때문이다.
하지만 분명 어떤 글은 좋고 어떤 글은 그보다 덜 좋거나
단순히 좋지 않다. 가방 비우기는 이중적인 전략이다. 그것은
우리를 출발할 수 있도록 하지만, 필요한 것처럼 보이던 많은
것들을 뒤로 남겨두고 떠나게 한다. 즉 글쓰기에 있어 위와
같은 요소들이 필요하지 않다는 말은 반대로 이야기하면
그것들이 글쓰기에 도움을 줄 수 없다는 뜻이며, 우리가
그것들의 도움 없이 다른 방식으로 해 나가야 한다는 것을

의미한다.

문제는 우리가 결코 아무렇게나 쓸 수는 없다는 사실에
있다. 나는 모든 글쓰기가 그 자체로 소중하며 가치 있다는
식의 말이 그다지 사실에 가깝지 않고 별로 도움도 되지
않는다고 생각한다. 오히려 글쓰기는 그 반대의 사실에
접근해 가는 과정에 가깝다고 생각한다. 그 자체로 소중한
것은 아무것도 없다…… 존 케이지는 연주자들에게
자유를 부여한 자신의 작업이 종종 형편없이 연주되는
것을 듣는다고 이야기한다. 자유롭게 하면 되는 것인데
거기에 어떻게 좋고 나쁨이 있을 수 있을까? 하지만 그는
아무렇게나 한다는 것은 결국 신중하지 못한 것일 뿐이라고
일축한다. 만약 연주가 잘 되지 않았다면 그것은 연주자들이
새로운 것을 발견하기 위해 노력하지 않고 자신의 익숙한
취향이나 기억 등에 의존했기 때문이라는 것이다. 한편
프루스트는 한 친구에게 답장을 하며 이렇게 끝을 맺었다.
"무엇보다도, 내게 답장하려고 애쓰지 말게. 자칫하면
지속적인 서신 왕래가 시작되네. 그건 끔찍한 일로, 그건
'그날그날 일기 쓰기' 다음으로 안 좋아."[2] 나는 일기가 아주
중요한 글쓰기 형식 중 하나라고 생각하긴 하지만 어쨌든

2 롤랑 바르트, 변광배 옮김, 『롤랑 바르트, 마지막 강의』(민음사, 2015), 314쪽.

프루스트 역시 모든 종류의 글쓰기가 그 자체로 가치 있고
중요하다고 생각한 것은 아니라는 점을 알 수 있다.

단순한 기구

발레리는 예술가가 기구로 개조되어야 하며, 사물화된
세계의 한가운데에서 시대착오의 저주에 떨어지지
않으려면, 심지어는 사물이 되어야 한다고 이야기한다.
그에 따르면 예술가는 "그 자신 머리끝에서 발끝까지
목표를 세우고, 점을 찍고, 선을 긋고, 정확히 표현하는.
일에 종사하는 단순한 기구이다."[3] 플로베르는 왜 글쓰기가
그토록 어렵고 고통스러워야 하는지 이해할 수 없었던
조르주 상드에게 소설가에게는 자기 의사를 표현할 권리가
없다고 생각한다며 이렇게 반문한다: 신이 언제 자기 의사를
표현했던가?[4] 여기서 자기 의사를 표현할 권리를 박탈당한
신은 발레리가 말한 단순한 기구와 몹시 가까이 있다.
어쨌든, 우리가 글쓰기를 의무의 관점으로 바라보기로 한

---

3 테오도르 아도르노, 김주연 옮김, 『아도르노의 문학이론』(민음사, 1989), 41쪽.

4 허버트 R. 로트먼, 진인혜 옮김, 『플로베르 — 자유와 문학의 수도승』(책세상,
   1997), 341쪽.

이상, 그것은 최소한의 제약을 지녀야 한다. 글쓰기는 있어야
할 것을 있게 만드는 행위여야 한다.

양철 조각

내가 생각하기에 『오즈의 마법사』에 등장하는 양철
나무꾼은 글을 쓰는 사람에 대한 가장 탁월한 이미지 중
하나다. 단순한 기구-작가. 그러니까 글을 쓰는 사람은
감수성이 풍부하고 마음이 따뜻한 사람이기 이전에
자신에게 마음이 결여되어 있음을, 나아가 마음이 자신의
바깥에 있다는 것을 알고 있는 사람이다. 양철 나무꾼은
도로시와 함께 떠난 여행의 끝에 양철로 된 심장 조각을
가슴에 넣고 그것으로 마음을 얻었다며 만족한다. 이것이
우리에게 정말로 필요한 것이다. 마음으로 쓸 양철 조각.
마음과 무관하지만 마음의 자리를 차지하고 마음을
대체하는 평범한 사물들. 『에세이의 준비』를 쓰기 시작하며
내 책상에는 몇 권의 책이 손만 뻗으면 닿는 위치에 놓여
있다. 존 케이지 『사일런스』, 롤랑 바르트 『롤랑 바르트,
마지막 강의』, 금정연 『아무튼 택시』, 금정연 『담배와 영화』,
정지돈 『당신을 위한 것이나 당신의 것은 아닌』, 찰스

부코스키 『글쓰기에 대하여』, 그리고 또 몇 권의 책들…….
나는 이 책-사물들로부터 나의 마음을 발견해야 한다. 다시
말해 우리에게 필요한 것은 양철 조각처럼 차갑고 단단한
무언가, 즉 형식이다.

4화

말의 내용은 얼마든지 바뀔 수 있으며,
심지어 아무 말이 없더라도 괜찮다

내가 지금 쓰고 있는 건

어쩌다가 '에세이의 준비'라는 형식을 생각하게
되었는지는 잘 기억이 안 난다. 하지만 이 제목을 정했을
때 당연하게도 내게는 롤랑 바르트의 「소설의 준비」를
인상 깊게 읽었던 기억이 남아 있었다. 그러니 이것은 앞서
이야기했던 자급자족, 즉 가까운 곳에서 소재를 구하는
일이기도 하지만, 동시에 모방에 대한 것이기도 하다.

형식을 모방할 수 있는 이유는 그것이 일차적으로는
외양과 배치에 대한 것이기 때문이다. 그리고 이런 층위에서
형식은 기본적으로 이렇게든 저렇게든 할 수 있는 자율적인
것이지만, 현실적으로는 관습에 의존하는 측면이 있다.

나는 종종 형식이란 밥상머리에서 잔소리를 하는 집안 어른 같은 존재라고 생각한다. 이 잔소리는 어디에 갈 때는 어떤 옷을 입어라, 어떤 상황에서는 어떤 식으로 말해라, 이건 이렇게 하고 저건 저렇게 해라, 등등, 말은 확고하지만 아무리 생각해 봐도 왜 그래야 하는지 정확한 이유라고는 도무지 없다. 그것이 형식이다…… 어른들의 잔소리는 대개 고루하지만, 그런 관습들은 실제로 통용되고 있으며, 사실 많은 경우 들어서 크게 나쁠 것은 없고, '다 나 좋으라고 하는 소리'이며, 영 기분이 내키지 않으면 무시하는 수도 있다. 관습적이지만, 본질적으로는 자율적인 성격을 갖기 때문이다. ('자식 이기는 부모 없다'는 속담이 이를 잘 보여 준다.) 그런데 형식이 이런 것이라면 굳이 형식을 갖출 필요가 없어 보이기도 한다. 글쓰기라는 건, 특히 에세이라는 건 내 마음이 가는 대로 자유롭게 써야 하지 않는가?

하지만 문제가 그렇게 간단하지만은 않다. 형식은 우리의 자유를 억압하는 것처럼 보이지만, 실은 그것이 없을 때 더욱 곤란한 무엇이기 때문이다. 우리가 기존의 형식을 단지 위반하는 것이 아니라 전적으로 거부하고 폐기하고자 한다면 어떤 일이 일어날까? 소설가 양선형에게 소설이라는 형식은 근본적으로 수명이 다한 것, 고장난 것, 제 기능을 할 수 없고 사라졌으며 어쩌면 처음부터

존재한 적도 없었던 어떤 것이다. 그의 소설은 소설의
상실로부터 출발한다고 말할 수 있는데, 문제는 그에게 이
상실이 어떤 억압으로부터의 해방으로 작동하지 않는다는
것이다. 소설의 상실은 자유로운 소설의 탄생을 시작하고
축복하는 것만이 아니다. 오히려 이 축복은 어떤 궁극적인
난처함을 불러일으킨다. 왜냐하면 형식의 완전한 상실은
그것에 순응할 수 있는 가능성과 함께 그것을 위반할 수
있는 역량까지도 제거하기 때문이다. 이때 완전한 무형식의
자유란 공허한 것에 불과하다. "자유로워지렴. 그는 고아가
된다. 때때로 자유로워진다는 말은 고아가 된다는 말과
흡사하니까."[1] 김이듬 시인의 첫 시집 『별 모양의 얼룩』의
해설에서 평론가 황현산도 이와 비슷한 문제를 제기한다.

　　취향은 공시적으로도 통시적으로도 늘 든든한 토대와
배경에 의지하지만, 감수성은 그 지위와 실천이 불확실하고
불안하다. 취향으로 시를 읽는 자들은 제가 읽는 것을 '시'라는
말로 벌써 반겨며 이해하며, 취향으로 시를 쓰는 자들에게서는
'시'라는 말이 벌써 반쯤 시를 써 준다. 감수성은 의지할 토대가
없다. 그것은 시적 프롤레타리아트를 만들어낸다. 랭보가

---

[1]　양선형, 『감상소설』(문학과지성사, 2018), 162쪽.

어디선가 "거지처럼 대리석 둑길을 달려갔다"고 했던 말은
빈말이 아니다. 문화가 아니라 제 생명을 수단으로 삼아 시 쓰는
자는 따라서 이렇게 묻지 않을 수 없다: 내가 지금 쓰고 있는
것이 시인가?[2]

소설과 마찬가지로 시 역시 전해져 내려온 형식에 기댈 수
없는 상황에서 자신만의 형식을 발명해야 하는 과제를 안고
있다. 이 기댈 곳 없음은 내가 쓰는 것이 시인지 시가 아닌지
결코 알 수 없는 상황 속에서 시를 쓰게 만드는 것이다.
그런데 에세이에서 우리는 표면적으로는 이와 반대되지만,
결국에는 동일한 문제에 맞닥뜨린다. '에세이'라는 말이
벌써 반쯤 에세이를 써 주는 그런 에세이–형식이 있는 것은
아니다. 다만 여기서 문제는 내가 무슨 글을 쓰더라도 그것이
자동적으로 에세이로서 승인된다는 점에 있다. 그래서
에세이를 쓰는 자는 언제나 이렇게 되뇌이게 된다: 내가
지금 쓰고 있는 건 에세이구나. 하지만 모든 것을 승인하는
형식이란 결국 아무것도 말해 주는 바 없는 공허한 자유와
수렴한다. 여전히 무엇인가가 필요한 것이다.

2   김이듬, 『별 모양의 얼룩』(천년의시작, 2014), 작품해설(황현산), 90쪽.

영화에 대한 것은 아닌

얼마 전에 대런 아로노프스키 감독의 「더 웨일」을 보았다. 영화를 본 지가 너무 오래 되어서 이제 정말 한 편쯤은 봐야 할 것 같다는 생각을 하던 차에, 한 친구가 「더 웨일」이라는 영화가 궁금하다는 이야기를 한 것이 계기가 되었다. 결정적으로는 영화 소개가 마음에 들었다. 네이버에 「더 웨일」을 검색하면 다음과 같은 영화 소개가 나온다.

272kg의 거구로 세상을 거부한 채 살아가는 대학 강사 '찰리'는 남은 시간이 얼마 없음을 느끼고 오랫동안 만나지 못한 10대 딸 '엘리'를 집으로 초대한다. 그리고, 매일 자신을 찾아와 에세이 한 편을 완성하면 전 재산을 주겠다고 제안한다.

에세이 한 편을 완성하면 전 재산을 주겠다고! 『에세이의 준비』를 쓰고 있는 사람에게 이보다 더 적합한 영화가 있을까? 그런 생각이 들었다. 사실 이렇게 되면 준비라는 것은 필요가 없겠다는 생각도 들었지만. 에세이 한 편을 완성하면 전 재산을 주겠다는 사람이 있다면, 뭐 하러 준비 같은 걸 하고 있을까? 나라면 그 말을 듣는 순간 그 자리에 앉아 쓰기 시작할 것 같다. 돈과 꿈에 대해, '전재산이란

무엇인가'에 대해, 돈이 없어서 하지 못했던 것들, 돈이
생기면 앞으로 하게 될 것들, 사랑과 우정, '약속을 지키는
것의 중요성', 행운, 운명, 스포츠카, 등등에 대해…… 어쨌든
영화는 흥미로워 보였다. 당연한 말이지만 영화가 그렇게
바로 쓰기 시작해서 전재산을 받고 행복한 삶을 사는 것으로
끝날 리는 없고, 어쨌든 한 편의 에세이를 완성하기까지의
과정을 영화로 어떻게 풀어갈지 궁금했기 때문이다.

    그러나 결론부터 말하면 이 영화는 전혀 그런 것을 보여
주지 않는다. '엘리'는 에세이를 쓰기는커녕 쓰려고 시도조차
하지 않는다. 더 이상한 건 대학 강사 '찰리'가 "매일 자신을
찾아와 에세이 한 편을 완성하면 전 재산을 주겠다고
제안"하지도 않는다는 것이다. 뭐지? 영화에서 찰리는
그냥 에세이를 쓰지 않아도 조건 없이 전재산을 주겠다고
말할 뿐이다. 게다가 그 돈은 애초에 자신의 딸인 엘리에게
주기 위해 모아 둔 돈이었다. 이것이 영화 소개……인가?
영화 자체에 대해서 말하면, 좋은 부분이 없지 않았지만
전체적으로는 그리 만족스럽지 않았다. 특히 찰리는 '자기
자신에게 솔직하라'는 격언을 강조하는데, 나는 글쓰기에
이런 식으로 접근하는 말을 별로 좋아하지 않는다. 솔직한
게 나쁘다는 것은 아니다. 다만 이런 식의 말은 뭔가 나의
내면으로 들어가 그곳에 잠들어 있는 진실을 발견해야

한다는 인상을 준다. 열쇠로 잠겨 있던 찰리의 방처럼. 하지만 나는 언제나 '진실함'이란 내 안의 무엇이 아니라 나의 바깥에 있는 무엇, 타자라고 말할 수 있는 어떤 것과 관련되어 있다고 생각한다.

　사실 글쓰기에 도움이 되는 것으로 따지자면 「캐스트 어웨이」가 훨씬 더 나은 것 같다. 이 영화는 글쓰기에 대한 것도 아니고, 심지어 아주 유명한 이 영화를 나는 아직 보지도 않았지만, 그래도 내가 주워들어 알고 있는 것만으로 글쓰기에 대해 말해 주는 것이 있다고 느낀다. 대강의 줄거리는 이렇다. 평범한 택배 회사 직원이었던 척 놀랜드는 화물 비행기를 타고 가다 갑작스러운 폭풍우를 만나 바다로 추락한다. 기적적으로 살아남아 정신을 차린 그는 자신이 무인도에 떨어졌음을 알게 되고, 같이 바다에 쓸려 온 택배 상자들을 모아 도움이 되는 물품을 찾아보지만, 잡동사니뿐이다. 그 택배 상자에 있던 물건 중 하나가 그 유명한 배구공 '윌슨'이다. 무인도에서 혼자 살아가야 했던 척 놀랜드에게는 자신이 아닌 다른 누군가가 필요했던 것이다. 그래서 그는 다친 손에서 흐른 피로 배구공에 얼굴을 그리고 '윌슨'이라는 이름을 붙여 준다. 이때 척 놀랜드가 한 일은 정확히, 배구공에 형식을 부여하는 것이다. 그로써 평범한 배구공은 그를 지켜보는 타자가 된다. 우리의

맥락에서 윌슨은 이중으로 형식과 얽혀 있다. 이 타자는
형식으로부터 탄생하는 것이지만, 그렇게 완성된 윌슨은
형식 그 자체이기도 하기 때문이다. 말하자면 형식이란
급조한 것, 필요에 의해 만들어진 것, 살아 있는 것의 대체물,
그러나 삶을 가능하게 하는 어떤 것이다.

맥거핀

구체적인 예시를 생각해 보자. 찰스 부코스키의
『우체국』은 '치나스키'라는 화자가 우체국에 다니며
『우체국』이라는 소설을 쓰기로 결심하게 되기까지의
이야기를 담고 있다. 『할리우드』는 마찬가지로 치나스키라는
이름의 화자가 자신의 소설로 영화 한 편이 만들어지는 것을
보기까지의 이야기이다. 『노인과 바다』는 며칠 간 고기를
잡지 못한 노인이 배를 타고 커다란 물고기의 뼈를 해변에
가져오기까지의 이야기다. 시간적으로 한정하는 것이
아니라 다른 방식으로, 예컨대 소재 등으로 상자를 만들
수도 있다. 금정연의 『아무튼 택시』는 택시와 관련된 일화를
묶은 에세이다. 정지돈의 『당신을 위한 것이나 당신의 것은
아닌』은 이 책의 부제처럼 "서울과 파리를 걸으며 생각한

것들"을 묶은 책이다. 찰스 부코스키의 『글쓰기에 대하여』는 글쓰기와 관련된 부코스키의 편지들을 모은 책이고, 나는 내가 쓴 모든 글 중에서 특정한 영화 제목, 혹은 '영화'라는 단어가 들어간 글들을 묶어 「영화에 대한 것은 아닌」을 썼다.

　물론 이런 수준에서 형식에 대한 분석이 이 작품들에 대해 무엇인가를 말해 주는 것은 아니다. 정말이지 그것들은 아무것도 말해 주지 않는다. 이것들은 너무 추상적이어서 단지 상자에 붙은 이름표 정도의 역할을 하고 있을 뿐이며, 심지어 상자 안을 채우고 있는 내용물들 중 대부분은 이름표와 무관하다고 말할 수밖에 없는 것들이다. 하지만 바로 이 점이 중요하다. 한 인터뷰에서 슬라보예 지젝은 구조주의에서 최소차이란 한 항과 다른 항의 차이가 아니라, 한 항과 그것이 기입되는 자리 사이의 차이라고 말한다. 나는 그것이 형식과 내용의 관계에 대한 탁월한 진술이라고 생각한다. 형식을 텍스트를 담고 있는 상자라고 생각해 보자. 여기서 중요한 것은 그 어떤 내용도 진정으로 '적절한' 내용물이 될 수 없다는 사실이다. 그러니 이 상자와 이름표는 어떤 의미에서 맥거핀이라고 할 수 있다. 내가 생각하기에 맥거핀은 단순히 여러 형식 중 하나인 것만이 아니라, 형식의 가장 본질적인 특성을 형식화한 형식이다. 알프레드 히치콕은 종종 맥거핀이 무엇인지 설명하기 위해 다음과 같은 유명한 대화를 인용한다.

> 두 남자가 스코틀랜드로 기차를 타고 가는데 한 사람이
> "선반 위에 있는 저 꾸러미는 뭡니까?"라고 물었다. 다른
> 한 사람이 "아 저거요. 맥거핀입니다."라고 대답했다.
> "맥거핀이라뇨?"라고 의아하게 묻는 사내에게 다른 사내는
> "그건 스코틀랜드 고지대에서 사자를 잡는 장치입니다."라고
> 말했다. 그러자 상대편 남자는 "이상한 일이군요. 스코틀랜드
> 고지대에는 사자가 없는데요?"라고 대꾸했다. "아, 그래요. 그럼
> 맥거핀은 결국 아무것도 아니군요."[3]

여기서 맥거핀은 그 자체로는 아무것도 아니지만,
그럼에도 대화를 작동하게 만드는 대상이다. 맥거핀의
목적은 대화가 이루어지도록 하는 것뿐이며, 이 목적은
훌륭하게 달성된다. 마찬가지로 어떤 글의 형식은 그
자체로는 아무것도 아니지만, 그럼에도 글쓰기를 작동하게
만든다. 김승일 시인은 한 시에서 우리가 "아무것도 아닌
것으로부터 힘을 얻을 것"[4]이라고 말하는데, 아무것도

---

3 프랑수아 트뤼포, 곽한주·이채훈 옮김, 『히치콕과의 대화』(한나래, 1994), 168쪽.
4 김승일, 「나 진짜 대단하다」, 『여기까지 인용하세요』(문학과지성사, 2019), 103쪽.

아니지만 동력을 제공하는 그것이 바로 형식이다.

꼭 그것이 아니어도 되는 어떤 것

시와 산문을 어떻게 구분할 것이냐를 두고 정말 많은
제안들이 있어 왔다. 그중 유명한 것 하나는 뜻이 같은 다른
말로 바꾸었을 때 별 문제가 없으면 산문이고, 큰 문제가
생기면 시라는 것이다. 예를 들어 '제 핸드폰으로 전화
주세요' 같은 말은 '제 번호로 전화 주세요', 혹은 더 간단히
'저한테 연락 주세요'라고 해도 아무 문제를 일으키지
않는다. 그렇지만 가령 김소월의 「진달래꽃」의 한 구절
"사뿐히 즈려밟고 가시옵소서"를 '그냥 밟고 가세요'라고
바꾸면 시의 운율과 정서가 심각하게 훼손된다는 것이다.
이것을 '한 글자도 바꿀 수 없으면 그것이 바로 시'라는
식으로 이야기하기도 한다. 그런데 내가 생각하기에 이런
주장에는 정말이지 아주 조금밖에 일리가 없다. 일리가 정말
아주 손톱만큼만 있는 것이다.
이런 주장이 제기되는 이유는 실제로 시가 의미 층위의
질서뿐 아니라 의미와 무관한 다른 질서들에 의해서도
관통되어 있다는 사실과 관련이 있다. 하지만 언뜻 생각해

보아도 시가 정말 한 글자도 바꿀 수 없는 것이라면 퇴고라는 것이 애초에 불가능할 것이다. 퇴고라는 행위가 가능함을 인정하면서 이 주장의 합리성을 유지하는 유일한 방법은 시인이 마지막 퇴고를 끝낸 시점(하지만 시인이 한 번 더 퇴고를 하게 될지는 누구도 모르는 상황에서)에 '와, 이제는 진짜 바뀌면 안 되는 거 맞네!'라고 거듭해서 말하는 것밖에 없다. 내가 보기에 이는 형식과 내용의 완벽하고 행복한 일치를, 실제로는 결코 불가능한 내적 필연성의 온전한 외화라는 환상을 무한한 지연 속에서 유지하는 일에 불과하다.

내가 형식을 바라보는 관점은, 우리가 형식 속에서 그보다는 많은 자유를 찾을 수 있다는 것이다. 만약 그렇지 않다면 형식에 대해 그렇게까지 생각할 필요도 없을 것이다. 최근에 나는 시를 쓰면서 결코 바꿀 수 없는 모습을 추구하기보다는, 오히려 의식적으로 꼭 그것이 아니어도 되는 어떤 말들이 시가 될 수 있는 형식을 찾기 위해 노력한다. 내 생각이지만, 내용과 형식의 일치라는 이상을 너무 곧이곧대로 심각하게 받아들일 필요가 없다. 내용과 형식의 어긋남, 혹은 내용의 교환 가능성은 진실하지 않음이 아니라 반대로 진실함의 가장 강렬한 표지이다. 이렇게 생각해 보자. 누구나 깊은 상심에 빠진 친구를 위로하기 위해 옆에 있어 준 경험이 한 번쯤은 있을 것이다. 그때 우리는 말의 내용이라는 것이 거의 아무런 상관이 없음을 곧바로 알게 된다. 그리고 어쩌면, 마치 힘든 일이 전혀 일어나지 않았던 것처럼 시답잖은 농담을 던지고 아무 관련 없는 이야기를 늘어놓더라도, 그 말들이 어떤 의미에서 여전히 위로로 작동한다는 것 역시도 말이다. 왜냐하면 중요한 것은 친구가 내 옆에 함께 있다는 사실, 그가 내 옆에서 무언가 말을 하거나 하고 있지 않다는 바로 그 사실이기 때문이다. 말의 내용은 얼마든지 바뀔 수 있으며, 심지어 아무 말이 없더라도 괜찮다.

그러니 결국 중요한 것은 상자다. 상자에 대한 가장 아름다운 이야기 중 하나인 『어린 왕자』의 일화 역시 그 사실을 말해 준다고 생각한다. 사막에 불시착한 화자 앞에 갑자기 나타난 어린 왕자는 대뜸 화자에게 양을 그려 달라고 부탁하는데, 정작 화자가 어떻게 그려도 어린 왕자는 마음에 들지 않는 구석을 찾아내어 번번이 퇴짜를 놓는다. 어린 왕자의 마음에 꼭 맞는 양을 선물하기 위해서 그는 "네가 원하는 양은 이 안에 들어 있어."라고 말하며 작은 상자를 그려 주어야만 하는 것이다.

5화

눈을 감은 채로 걷기

외면

    집에는 설거지가 쌓이고, 냉장고에는 식재료들이 상해 가고 있다. 수건은 점점 동나 가고, 그밖에도 많다. 필요한 온갖 서류 작업들과, 그리고 식재료는 아니지만 어쩌면 그것보다 더 빨리 하루하루 상해 가는 것, 그러니까 나의⋯⋯ 이건 그냥 하는 말인데, 아마 올해는 대학 졸업을 하게 될 것 같다. 이 글이 연재될 시점에는 아니겠지만 아마 이 책이 출간되었을 즈음에는 그렇겠지 싶다. 2010년도에 입학을 했고 지금이 2023년이니까 학부생 신분으로 있던 기간이 장장 13년이다. 아마 대부분의 사람들은 그런 게 실제로 가능한 일인지도 몰랐을 것 같다. 나도 전혀 알고 싶지 않았다⋯⋯ 대학에는 졸업 연한이라는 것이 있는데 그건 입학한 후 무슨 일이 있든 졸업을 해야 하는 일정한 기간이고, 내가 다니는 학교의 경우에 그 연한은 10년이다.

그런데 내가 13년째 졸업을 하지 못하고 있을 수 있었던 이유는 그 졸업 연한에서 군 휴학 기간을 빼 주기 때문이다. 군 휴학은 최대 3년까지 신청할 수 있고 나는 3년을 신청했었다. 그래서 13년. 올해 8월까지 졸업을 해야 한다. 기한을 지키지 못하면? 나는 모르지만 누군가는 그 너머로 가 보았겠지. 상상조차 하기 싫어서 자세히 알아보지는 않았다……

　나중에는 사람들을 만나면 그냥 졸업을 했다고 말하고 다녔다. 그로부터 무슨 이득을 취하기 위해서가 아니라 일종의 배려였다. 졸업을 할 시기가 지나고 얼마 되지 않았을 때에는 아직 졸업을 하지 않았다고 말하면 사람들이 그저 웃고 조금 놀리는 정도였는데, 그 시간이 길어질수록 사람들이 당황하고 심각하게 걱정하기 시작했기 때문이다. 그렇다고 마냥 거짓말을 한 것은 아니었는데, 내가 사람들에게 했던 말은 정확히는 '아 거의 다 했죠 이제 해요', 혹은 '이제 한 거죠', '아, 이번 학기에 할 것 같아요' 같은 것들이었기 때문이다. 그리고 1년이나 그 후에 만나면 사람들은 내가 당연히 졸업을 했을 것이라 생각하고 더 묻지 않았다. 물론 그냥 사람들이 눈치가 빠르고 배려심이 깊고 쓸데없이 귀찮아지는 일을 피하고 싶어 하는 것일 수도 있지만…… 어쨌든 실제로 5년 전쯤부터는 거의 졸업을 한 상태가 맞았기 때문에(그리고 항상 '이번 학기'에 졸업을 할 생각은 있었고, 실제로 그럴 수도 있을 것 같다는 느낌도 들기는 했었기 때문에) 거짓말을 한 것은 아니었다. 그런데 거짓말을 하고 안 하고가 중요한가? 딱히 그런 것은 아니다. 그냥 사실이 그랬다는 것이다.

 사실 처음에는 그냥 꼭 남들과 진도를 맞춰야 할 필요는 없고, 조금 천천히 해도 상관없다는 생각에 느긋하게 여긴 정도였다. 문제는 그렇게 휴학을 하면서 해야 할 것들을 미루고 난 뒤(하지만 그렇다고 이 기간이 행복했던 것은 아니다…… 나는 뭐가 문제일까?) 이제 진짜 마무리를 지어야 할 시기가 왔을 때, 시를 쓰기 시작했다는 것이다. 매우 자연스럽게도 나는 시 쓰기에 집중하기 위해 휴학을 더 하고 입대를 더 미루기로 했다. 물론 그렇게 시 쓰기를 이어 가기 위해서는 시간뿐만 아니라 돈도 필요했다. 그런 나에게 딱 맞는 일이 있었는데, 학교에서 시행하고 있던 근로장학생 제도였다. 학교에서 부리는 일종의 아르바이트생 개념으로 당시 최저 시급보다 돈도 조금 더 주고 별달리 일도 없었기에 공부하며 돈을 벌기에는 제격이었다. 문제는 근로장학생을 시작해 보니, 사실 이게 정말 웃기는 말인데, 나는 졸업을 하지 않는 것이 이득이라는 생각에 다다르게 되었다는 것이다. 지금 생각해도 정말 기발한데 내가 어떻게 그런 생각을 해냈는지 모르겠다. 어쩌면, 앉아서 공부하고 있어도 돈을 주니까……? 마치 내가 공부를 하는 게 아주 중요한 일인 것처럼 느껴지고, 이 상태가 영원히 지속되는 것이 내가 바라는 꿈처럼 느껴지고…… 어쨌든 그래서 나는 휴학을 하거나 심지어는 한 학기에 한 과목만 넣어 둔 채로 서른이 다 될 때까지 군대도 미뤄 놓고, 교내 근로장학생으로 일을 해서 돈을 벌며 시를 쓰고 책을 읽었다.

이곳저곳에서 근로를 했는데, 주로 학교 건물 공간들을 대여해 주고 수업에 필요한 마이크나 포인터 등의 물품들을 보관, 대여, 사용 보조하는 일 등이었다. 사용 보조라고 해 봤자 기자재실에서 책을 읽고 있다가 학생이 문을 두드리고 들어와 "201호에 프로젝터가 안 나와요."라고 하면 그 학생을 따라 201호로 가서 프로젝터가 나오게 하는 일 정도였다. 대개는 교수님이 컴퓨터를 안 켜서 아무 화면도 안 나오는 것이었고, 나는 컴퓨터 전원을 딸깍 누르고 프로젝터가 정상적으로 작동하는 것을 확인한 뒤 다시 기자재실로 돌아와 책을 읽었다. 도서관에서 일한 적도 있었다. 도서관에서 아르바이트를 한다고 하면 누구나 생각할 법한 일로, 책을 대출, 반납해 주고 서가를 정리하는 등의 일이었다. 책 읽을 시간도 많긴 했지만 일이 있을 때는 다른 누구보다 먼저 나서서 열심히 일을 했다. 도서관 일은 중간에 사정이 생겨 그만두어야 했는데, 도서관장님께 죄송하지만 갑작스레 그만두어야 할 것 같다고 말씀드렸을 때 관장님이 해 주셨던 말이 기억난다. "사실, 우리 도서관에 지금 이만큼 사람이 필요하지는 않아. 그런데 자네가 사정이 어려워 보여서 데리고 있었던 거야. 그러니까 그만두는 건 걱정하지 말고, 나중에 다시 일이 필요하면 찾아와 봐……"

뭘 알고 싶은데?

물론 나의 미루는 습관도 심각하지만 상황이 이쯤 되면 이것은 단순히 미루는 것을 넘어 외면이라고 말해야 하는 수준이 아닐까? 어렸을 때에 비하면 지금 나는 생각하는 것도 결정하는 방향도 많이 달라졌고, 내가 가진 이런 좋지 못한 성향으로부터 벗어나려고 의식적으로 노력해 왔지만, 되돌아보면 뭐가 얼마나 달라졌나 싶기도 하다. 내 나이와, 내가 하는 일, 통장 잔고 같은 것들을 토대로 냉정히 생각해 보았을 때, 슬프게도……

그런데 어떤 의미에서 외면은 글쓰기에 있어 아주 중요한 도구다. 우리는 반대로 글쓰기란 무엇인가를 직시하는 것이라 말하는 것을 더 선호하지만 말이다. 물론 외면하는 게 좋은 일이라고 말하려는 생각은 결코 아니다. 더군다나 글을 쓰려면 다른 사람들이 하는 것을 하지 않거나, 하지 않는 것을 해야 한다는 식의 말을 하려는 것은 더더욱 아니다. 하지만 우리에게는 좋은 일들이 일어나는 만큼 나쁜 일들도 일어나며, 우리는 가끔 좋은 일을 하고 안 좋은 행동을 하기도 한다. 문제는 그것들과 함께 어떻게 살아갈 것인지이다. 아마도 학교 아르바이트를 전전하던 때쯤 읽었던 리차드 브라우티건의 소설에서 이 외면에 대한 인상깊은 장면이 나온다.『워터멜론 슈거에서』라는 소설의 화자는 '아이디아뜨'라는 마을의 어느 집에서 혼자 사는데, 그는 어렸을 때 '호랑이'들에게 부모를 잃고 그 이후로 이 마을에 살게 되었다. 그리고 호랑이들이 자신의 부모를 잡아먹었을 때를 회상하는 장면이 있는데, 갑작스럽게 들이닥친 이 호랑이들은 말을 할 줄 알고 마치 우리와 전혀 다르지 않은 것처럼 이야기하며, 어린 화자의 부모를 먹는 도중에 그에게 미안하다고 사과하기까지 한다.

"그래." 다른 호랑이가 말했다. "이럴 필요가 없었다면 우린 이러지 않았을 거야. 정말 어쩔 수 없이 이렇게 하지 않아도 될 수만 있었다면 말이다. 하지만 이게 우리가 계속 살아 있을 수 있는 유일한 길이야."

"우린 너희들과 똑같아. 우린 너희가 쓰는 것과 똑같은 말을 하고, 똑같은 생각을 하지. 하지만 우린 호랑이들이야."

"그럼 내 산수를 도와줄 수 있겠군요." 내가 말했다.

"뭐라구?" 호랑이들 중의 하나가 말했다.

"산수."

"아, 산수."

"그래요."

"뭘 알고 싶은데?" 한 호랑이가 말했다.

"9 곱하기 9는 뭐예요?"

"81." 한 호랑이가 말했다.

"8 곱하기 8은요?"

"56." 한 호랑이가 말했다.

나는 그들에게 여섯 개의 질문을 더 했다. 6 곱하기 6은, 7 곱하기 4는 따위. 나는 산수 때문에 무진 애를 먹고 있었기 때문이다. 마침내 호랑이들은 내 질문을 지겨워하기 시작했고, 그들은 내게 나가 있으라고 말했다.[1]

이 장면은 터무니없이 비현실적이어서 아주 이상한 느낌이 든다. 이 비현실적인 상황을 맞닥뜨린 화자의

[1] 리차드 브라우티건, 최승자 옮김, 『위터멜론 슈거에서』(비채, 2024), 66쪽.

반응은 호랑이들에게 산수 질문을 하는 것이다. 쉽게 알
수 있듯 화자의 산수 질문들은 외면의 수단이고, 그것으로
그가 외면하는 것은 현실 자체다. 그는 자신의 부모를 죽인
호랑이들에게 뭔가 다른 것, 궁금해하거나 풀어야 하는
것, 모르고 있으므로 알아내야 하는 것은 맞지만 자신의
가장 끔찍한 비극을 해결하는 데에는 무용한 어떤 답을
재차 묻는다. 어떤 면에서 그것은 글쓰기의 과정처럼
보이기도 한다. 나는 글쓰기가 나의 상황을 거의 나아지게
하지 못한다는 것을 잘 알고 있다. 하지만 때때로 나는
마치 그것이 가장 중요한 일인 것처럼 글쓰기의 질문들에
매달린다. 이 다음에 와야 하는 단어는 뭐지? 이 다음에 올
문장은?

내가 좀 더 아프긴 했지만 그런 건 문제도 아니었다

너무 비관적인가? 리처드 브라우티건에게 그런 경향이
있는 것 같다. 어느 리뷰에서 짧게 썼던 적이 있는데, 내가
생각하기에 브라우티건은 무사태평한 비관주의자.(이 와중에
호랑이가 8 곱하기 8을 틀리고 있는 것을 보라······) 그의 소설
전반에 감도는, 평화와 불안이 공존하는 기묘한 공기는 그의

이러한 성향으로부터 오는 것처럼 보인다.[2] 물론 우리가
리처드 브라우티건처럼만 생각해야 하는 것은 아니다.
눈을 감는 것까지를 외면의 범주에 포함시킨다면, 외면과
관련하여 내가 정말 좋아하는 다른 장면이 있다. 그 장면이
나오는 책은 도스토옙스키의 『지하로부터의 수기』인데, 이
소설에서 화자는 좁은 길목에서 자신을 맞닥뜨렸을 때 마치
무슨 물건마냥 '들어서 옆으로 옮겨 놓은' 어떤 장교로부터
크나큰 수치심을 느끼고, 그에게 복수할 계획을 세운다.
그런데 그 복수란 그저 다시 한 번 그와 맞닥뜨린 상황에서
물러서지 않고 어깨를 부딪치는 것이다…… 대단한 일이
아닌 것 같아 보이지만 그는 최선을 다한다. 그는 어깨를
부딪혔을 때 자신의 품위를 위해 월급을 가불받아 비싼
코트를 사고(이로부터 도스토옙스키가 형식의 중요성에 얼마나
예민했는지를 알 수 있다.), 그 장교가 자주 걸어다니는 거리를
찾아내 그와 부딪치려 한다. 물론 그는 몇 번이나 마지막
순간에 겁을 먹고 물러나며(눈물이 난다……), 그로 인해
감당할 수 없이 커져 버린 수치심 때문에 열병을 앓고
헛소리를 한다. 그런데 그가 목적을 달성하는 것은 그 목적을
포기한 직후이다.

<hr />

2   이와 관련해서는 강보원, 「만들어진 세계를 사랑하기」, 《악스트》 45호(은행나무,
2022년).

한데 갑자기 모든 것이 더할 나위 없이 훌륭하게 끝났다.
그 전날 밤 나는 이 파탄적인 계획을 그만 접기로, 모든 걸
그냥 포기하기로 결심을 굳힌 뒤, 정말 어떻게 이 모든 걸
그냥 포기할 것인가를 한번 보기 위해, 오직 그 목적만 갖고서
마지막으로 네프스키로 나갔다. 갑자기 나의 적수로부터
세 발짝 떨어진 곳에서 뜻밖에도 결단을 내리고 눈을 질끈
감았는데 우리의 어깨가 서로 탁 부딪친 것이다! 나는
1베르쇼크도 양보하지 않고 완전히 대등한 지위에서 길을
지나갔다! 그는 심지어 뒤를 돌아보지도 않았고 숫제 아무것도
알아채지 못한 척했다. 하지만 그저 그런 척했을 뿐이라고
나는 확신한다. 지금까지도 그랬노라고 확신한다! 물론, 그가
힘이 더 셌기 때문에 내가 좀 더 아프긴 했지만, 그런 건 문제도
아니었다.[3]

징검다리

그러니까 눈을 돌리는 것, 혹은 눈을 감는 것은 우리가
보지 않은 채로 무엇을 해 나가는 방식일 수 있다. 만약

---

3 표도르 도스토옙스키, 김연경 옮김, 『지하로부터의 수기』(민음사, 2010), 96쪽.

『지하로부터의 수기』의 화자가 마지막 순간에 눈을 감지 않았다면, 그는 결코 앞으로 걸어 나갈 수 없었을 것이다. 눈을 뜨고도 걸어갈 수 있다면? 당연히 눈을 뜨고 걸으면 된다! 하지만 가끔(실은 자주) 찾아오는, 도저히 그럴 수 없는 순간에는 어떻게?『우리는 가끔 아름다움의 섬광을 보았다』에서 금정연은 이렇게 쓴다.

한기 씨는 글이 안 써지면 눈을 감고 쓴대요, 언젠가 정지돈은 내게 말했고 그것은 분명 효과가 있다. 가끔(실은 자주) 내가 무엇을 쓰는지 나조차 몰라야 글을 쓸 수 있는 때가 있는 것이다. 중력을 모르기 때문에 중력의 영향을 받지 않는 사람처럼.[4]

이 인용을 하며 든 생각인데, 인용은 어쩌면 글쓰기를 외면하는 방식 중 하나인 것 같다. 마치 눈을 감고 쓰는 것과 같이. 인용을 할 때 우리는 입을 닫고 말한다. 사실 나는, 특히 에세이를 쓸 때, 내 생각이 차지하는 부분이 점점 길어지면 일종의 불안 같은 것을 느끼는 것 같다. 나 왜 이렇게 계속 말하고 있지……? 왜 아무도 물어보지 않은 이야기를 계속

4   금정연·정지돈, 『우리는 가끔 아름다움의 섬광을 보았다』(푸른숲, 2023), 232쪽.

늘어놓고 있는 거야? 그럴 때 인용은 이 글쓰기의 불안을 건너가게 해 주는 징검다리 같은 것이 된다. 나는 지금 내가 써야 하는 어떤 것에서 잠시 눈을 돌리고 다른 누군가가 쓴 글을 본다. 그것이 마치 내 글쓰기에서 가장 중요한 일인 것처럼. 그 인용이 나의 모든 난관을 해결해 줄 수 있을 것처럼, 혹은 아무것도 해결해 주지 않으면서 절망을 넘어갈 수 있게 해 주는 친구인 것처럼. 내 친구인 홍승택은 친구에 대해 이런 글을 쓴 적이 있다.

> 친구들아, 만약에 너희들이 지옥 같은 절망에 빠질 때, 그때 너희들은 서로에게 기대면서 그 절망을 넘어가야 해. 친구들아, 잊어서는 안 돼. 친구들아, 잊어서는 안 돼. 그렇지만 잊고 싶을 때는 잊는 거지. 잊어도 돼. 안 되는 것은 없어 친구들아. 친구들아. 친구들아. 나는 새는 싫어하지만 너희들은 좋아한다. 하지만 항상 그런 건 아니야. 나는 기분이 자주 바뀌어. 아휴 친구들아. 갤럭시를 쓰진 마. 그건 쓰레기 같은 핸드폰이야. 그리고, 돼지고기도 먹지 마. 돼지고기는 좋은 고기도 아니야. 친구들아, 비요뜨도 먹지 마. 그건 쓰레기 같은 디저트야. 친구들아, 운동을 가끔 해. 싫으면 하지 말아.[5]

5 호스트, 『텔레파시』(랑, 2022), 146쪽.

확실히 힘이 나는 것 같다. 절망을 넘어갈 수 있을
것 같은 느낌이 든다. 비록 나는 갤럭시 핸드폰을 쓰고,
돼지고기도 좋아하고, 비요뜨도 정말 맛있는 디저트라고
생각하지만……

6화

너는 지구와 상관이 있고,
나도 사과와 상관이 있어

내가 싸우듯이

인용을 향한 시선이 늘 호의적인 것만은 아니다. 몇몇 잘 알려진 조언들이 있다. 글쓰기에서 가장 중요한 것은 자신의 생각을 표현하는 것이다(그러니 인용은 최대한 자제하라.), 혹은 인용을 하더라도 정확하게 해야 한다, 혹은 정확한 인용이라 하더라도 너무 남발하면 글이 산만해지니 꼭 필요할 때만 해야 한다, 등등. 사실 나에게 꼭 필요할 때만 인용을 하라는 말은 꼭 필요할 때만 무엇인가를 먹거나 꼭 필요한 옷만 입어야 한다는 말과 비슷하게 들린다. 하지만 생각해 볼 만한 지점이 있는 문제 제기가 전혀 없는 것은 아니다. 예컨대 인용은 인용되는 텍스트의 권위를 강화시키며 그로

인해 일종의 위계를 재생산할 우려가 있다는 지적 같은
것이 그렇다. 나는 이 우려에 일정 부분 공감하지만, 인용과
권위가 꼭 그런 방식으로만 관계 맺을 수 있는 것은 아니라고
생각한다. 한나 아렌트는 벤야민을 다룬 한 글에서 이렇게
쓴다.

> 과거는 전통으로 전수되는 한 권위를 갖는다. 권위는
> 역사적으로 제시되는 한 전통이 된다. 발터 벤야민은 그의
> 생애 중에 발생한 전통 붕괴와 권위 상실이 수선 불가능하다는
> 걸 알았으며, 과거를 다룰 새로운 방법을 발견해야 한다는
> 결론을 내렸다. 과거의 전수 가능성이 과거의 인용 가능성으로
> 대체되었다는 것을 발견했을 때, 그리고 과거의 권위 대신에
> 어떤 이상한 힘이 생겨나서 조금씩 현재에 정착하면서
> 현재로부터 '마음의 평화', 즉 아무 생각 없는 자기 만족의
> 평화를 약탈한다는 것을 발견했을 때, 벤야민은 과거를 다룸에
> 있어 주인이 되었다.[l]

즉 아렌트가 보기에 인용은 권위를 강화하는 수단이
아니라 오히려 권위의 돌이킬 수 없는 상실 이후에 가능해진

---

l   한나 아렌트, 이성민 옮김, 『발터 벤야민: 1892~1940』(필로소픽, 2020), 112쪽.

어떤 것이다. 과거, 전통, 권위라는 세 항이 이루는 순환 구조에 포함되지 않기에 인용은 언제나 불법적으로 현재에 틈입한다. 그것이 인용이 야기하는 불안의 정체다. 위에서 아렌트가 언급하는 '마음의 평화'란 벤야민의 다음 문장을 염두에 둔 것이다. "내 글에 등장하는 인용문들은 무장을 하고 나타나 한가롭게 지나가는 행인에게서 확신을 강탈하는 도적떼와 같다."[2] 왜 확신을 빼앗기는 것일까? 내가 생각하기에 그 이유는 인용이 기본적으로 닫힌 공간을 파괴하는 성질을 가지고 있기 때문이다. 가령 우리가 인용으로 점철된 글을 보고 '이 글에는 자신만의 생각이 없다'고 비난할 때, 인용이 고유한 개성을 지닌 한 명의 저자라는 닫힌 공간을 파괴하고 있음은 명확하다. 동시에 그것은 그 저자의 의도 아래 철저하게 계획된 질서라는 관념을 파괴한다.

정지돈의 첫 소설집 『내가 싸우듯이』(문학과지성사, 2016)의 끝에 수록된 장장 7페이지의 '참고문헌'과 '찾아보기'란이 불러일으켰던 혼란을 생각해 보자. 사람들은 소설책을 집어들 때 처음과 중간과 끝이 있는 어떤 완결된 세계 속으로 들어가는 것을 기대한다. 그러나

---

2 발터 벤야민, 최성만·김영옥·윤미애 옮김, 『일방통행로/사유이미지』(도서출판 길, 2007), 149쪽.

(89)

『내가 싸우듯이』의 마지막에서 만나는 참고문헌의 목록은
세계를 향해 열려 있는 일종의 뒷문이다. 그것과 마주친
순간에 우리는 마치 이 닫힌 세계를 우리 마음대로 해석할
어떤 권리 같은 것을 잃어버린 듯한 느낌을 받는다.
왜냐하면 이 문의 열려 있음은 이 책에 쓰인 것들이
모종의 현실임을 말해 주기 때문이다. 그런데 이 지점에서
아이러니한 착오가 일어난다. 가령 몇몇 비평이 정지돈의
소설에 현실이 없고 오로지 텍스트만 있다고 이야기한
것에 대해 생각해 보자. 내 생각이지만, 그들은 텍스트를
볼 것이라고 기대하고 책장을 열었으나 이 뒷문을 통해
곧바로 현실을 마주했기 때문에, 그 모든 것이 텍스트라고
생각하게 되었던 것이다. 그리고 여기에서 착오란, 그들이
잘못 보지 않았다는 사실을 그들이 끝내 몰랐다는 데에
있다. 결국 인용이란 그러한 경계 자체의 파괴에 대한
것이기 때문이다.

우리의 성당은 신도석 없는 예배당이다

   기존 모더니즘 건축의 엄결성에 대항해 모든 것이
뒤죽박죽인 라스베이거스를 옹호하는 책 『라스베이거스의

교훈』에서 저자인 로버스 벤투리, 데니스 스콧 브라운, 스티븐 아이즈너 역시 한나 아렌트와 비슷한 이야기를 한다. 우리가 무엇에 권위를 부여하고 그 권위를 이용하려 한다고 해도, 실은 그런 의도가 대부분 제대로 작동하지도 않는다는 것이다. 저자들은 이 시대에 건축의 기념성이라는 것이 이미 얼마나 달성하기 어려워졌는지에 대해 얘기한다.

과거에는 지주 사이 먼 거리와 그에 걸맞은 높이가 건축적 기념성의 요소였다. 하지만 우리의 기념비는 휴스턴 애스트로돔, 링컨 센터, 국가 보조금으로 지은 공항과 같은 간헐적인 역작이 아니다. 이들은 크고 높은 공간이 자동적으로 건축적 기념성을 만들지는 못한다는 점을 증명한다. 우리는 펜실베니아 역의 기념비적 공간을 지상 운행 전철로 바꾸었고 그랜드 센트럴 터미널의 공간은 장대한 광고 매체로 변모시켜 유지하고 있다. 따라서 시도한다고 해서 건축적 기념성을 달성하기란 극히 어렵다. 우리의 돈과 기술은 큰 스케일의 통일되고 상징적인 건축 요소를 통해 공동체 결속성을 표현해왔던 전통적인 기념성에 쓰이지 않는다. 어쩌면 우리의 성당은 신도석 없는 예배당이라고, 또한 극장이나 야구장을 제외하면 대규모 일상적 공동 공간은 그저 익명의 개인들이 서로 간의 명백한 연결 없이 공존하는 공간이라고 인정해야만

하는지도 모른다.[3]

　명백한 연결 없는 공존의 구체적인 모습은 어떤 것일까? 라스베이거스의 건물들은 입구에 로마의 백인 대장 동상을 세우고, 간판 꼭대기에 거대한 알라딘 램프를 올려놓으며, 정원에는 고대 그리스풍의 비너스 동상을 들여놓지만, 그러한 대부분의 것들은 "올덴버그의 햄버거처럼 래커칠이"[4] 되어 있다. 라스베이거스의 건물들은 다양한 건축 양식과 상징들을 마구잡이로 인용하지만 그것은 어떤 정돈된 질서를 수립하고 인용된 것들의 권위를 강화한다기보다 그것을 우스꽝스럽고 친숙하게 만든다. 사실 권위는 인용이 아니라 인용의 제한으로부터 훨씬 더 많이 생성되는 것처럼 보인다. 만약 우리가 로마의 문화에 굉장한 권위를 부여하고 있는 사람이라면, 라스베이거스의 카지노에서 그것을 발견했을 때 '제발 이런 데다가 갖다 쓰지 마!'라고 외칠 것이다. 우리는 그것이 제대로 된 대우를 받지 못한다고, 여기에 이렇게 있어서는 안 된다고 느낄 것이다. 그러니 이러한 마구잡이 인용은 두 가지를 암시한다. 하나는 그러한

3　로버스 벤투리 외, 이상원 옮김『라스베이거스의 교훈』(청하, 2017), 92~93쪽.
4　같은 글, 94쪽.

인용을 제한했을 수도 있었을 권위가 더 이상 존재하지 않는다는 사실이고, 다른 하나는 인용이 바로 그 해체의 실천일 수 있다는 점이다. 우리가 인용한 것들은 먼 곳에서 가까운 곳으로, 높은 곳에서 낮은 곳으로 옮겨진다. 그러니 인용이란 한 요소의 분리가능성에 대한 것이며, 특정한 사용에 대한 것이기 전에 무엇보다 읽기 자체의 문제이기도 하다.

톨스토이의 단편『주인과 하인』. 이렇게 말할 수 있을 겁니다. 모든 것이 바실리의 자비라는 이야기의 도덕적 결말을 목적으로 구성되었습니다. 이 하인은 폭설 속에서 길을 잃자 몸을 덥혀 그의 주인이 동사하지 않도록 그 위에 드러눕습니다.(그래도 주인은 죽고 맙니다.) 하지만 그것만큼이나 이치에 맞게 나는 작품의 주제가 눈, 검은 눈이라고 말할 수 있습니다.[5]

여기서 바르트의 읽기는 "모든 것이 (……) 이야기의 도덕적 결말을 목적으로 구성"되어 있는 톨스토이의 작품으로부터 "검은 눈"이라는 이미지를 빼내 오며,

5 롤랑 바르트, 변광배 옮김,『롤랑 바르트, 마지막 강의』(민음사, 2015), 298쪽.

그것을 중심으로 모든 것을 재구성한다. 우리는 이것이
인용의 작동 방식임을 알 수 있다. 다시 말해 우리는 읽고
나서 인용하는 것만이 아니다 —— 인용 가능성 자체가
이미 읽기의 조건을 구성하고 있는 것이다. 그러한 한에서
읽기는 아직 실현되지 않은 인용이자 원래의 맥락으로부터
어떤 문장이나 단어, 이미지를 떼어내는 작업이 된다.
읽기는 '그것이 꼭 그것이 아니고 다른 것이었을 수도
있었을' 어떤 면을 실현한다. 사람들이 밟고 지나간 탓에
검게 변한 추적추적한 눈은 단순히 교훈을 전달하기 위한
수레의 바퀴 정도였으나 바르트는 그 바퀴를 수레로부터
떼어낸다. 그것은 이제 그 자신이 최종적인 목적이 되어
우리의 집 현관에 붙어 있을 수도 있고, 길가의 화단에
놓일 수도 있으며, 미술관의 어느 구석에 전시되거나 혹은
자전거를 만드는 데에 쓰일 수도 있다. 사물들이 제자리에
있지 않기에 이것은 산만해 보일 수 있다. 하지만 인용이
야기하는 이 산만함은 단순한 질서의 부재가 아니라, 아직
알려지지 않고 우리에게 이제까지와 다르게 바라볼 것을
요청하는 다른 질서이다.

이는 전문가가 지배하는 질서도, 눈에 쉽게 들어오는
질서도 아니다. 움직이는 우리 신체의 움직이는 눈이 변화하고

병치되는 질서들을 찾아내고 해석해야 한다. (……) 이
통일성이란 '그것을 구성하는 요소들의 충돌에 대한 통제를
유지하는, 그저 유지만 하는 것이다. 카오스는 아주 가깝다.
가깝지만 거기에 다다르지는 않기에 힘을 가진다.'[6]

잡음이 들리네. 조용하니까.[7]

　　나는 10월 10일생이다. 이날이 중화민국의 건국기념일인
쌍십절이고 조선노동당 창건일이라는 것쯤은 어렸을 적부터
익히 알았다. 영화를 좋아하게 되면서부터는 이날이 오슨
웰스가 세상을 뜬 날임을 강조하곤 했다. 그러다 얼마 전
새로운 사실을 알게 되었다. 올해로 데뷔 10년 차를 맞은
미쓰에이 출신의 수지가 10월 10일생이라는 것이다. 최근
수지는 tvN에서 방영되는 주말드라마 「스타트업」의 주연을
맡았는데 이 드라마와 관련된 뉴스를 살펴보다가 알게 되었다.
이 드라마에 대한 정보를 굳이 찾아본 이유는 아내의 조카가
주요 조역 가운데 하나로 출연하고 있어서다. 녀석은 영화 탄생

6　로버스 벤투리 외, 같은 글, 96쪽.

7　김유림, 「노천탕은 작았다」, 『세 개 이상의 모형』(문학과지성사, 2020).

100주년이 되는 1995년에 태어났다.[8]

물론 이 산만함은 언제나 부적절한 것으로 여겨지기 쉽다. 재밌는 소설의 도입부처럼 보이는 이 글은 유운성 평론가가 「아카이브, 혹은 자기기술 시대의 미학」이라는 발표에서 사용하기 위해 작성한 예시문이다. 그에 따르면 이런 방식의 작법이 픽션이 될 수 있는 이유는 이 예시문이 자기기술의 일종이며, 지금은 자기기술이 픽션을 대체한 시대이기 때문이다. 그리고 이러한 대체가 진정으로 말해 주는 것은 픽션의 종말이다. "무수히 많은 점들이 존재하고 그 점들을 가로지르는 무수히 많은 경로들이 존재하지만 그뿐입니다. 이런 곳에서는 어떤 세계도 출현하지 않습니다. 그야말로 픽션의 종말이죠."[9]

위의 예시문을 자기기술의 일종으로 볼 수 있는 것은 사실이다. 그런데 여기서 대체되고 있는 것은 오히려 '자기기술' 그 자체가 아닐까? 이 예시문에는 화자에 대한 정보나 혹은 그 자신의 주관적 요소들이 누락되었거나 최소한으로만 제시되어 있어서, 실질적으로는 화자에

8   유운성, 「아카이브, 혹은 자기기술 시대의 미학」, 2021. 11. 13, http://annual-parallax.blogspot.com/2021/09/blog-post.httml?m=1.

9   같은 글.

대해 말해 주는 것이 거의 아무것도 없기 때문이다. 따라서 만약 유운성 평론가의 말처럼 이것을 동시대의 징후적인 양식이라고 볼 수 있다면, 이 징후를 해석하기 위해 물어야 하는 것은 왜 자기기술이 불가능해졌으며, 또 그것이 서로 어떤 공통점도 갖지 못하는 사실들의 인용으로 대체되어야 했는지이다.

아마도 거의 모든 것에 동시적으로 접속이 가능해진 이 시대에 우리를 얽어매는 이중구속이 있다. 그것은 과도한 연결, 그리고 동시에 어떤-연결도-없음이다. 우리는 매순간 지구 반대편의 사건에 접속하도록 강요되며, 실제로 의식하지 못하는 사이에도 그러한 사건들에 의해 영향을 받지만, 그와 동시에 눈앞의 사물들이나 혹은 아주 가깝고 필수적인 관계들로부터도 소외되어 있다고 느낀다. 그것은 세계가 이미 기존의 연결들로 포화되어 있으며, 바로 그 이유로 나를 제외한 어떤 것에도 유의미한 영향을 미칠 수 없다는 감각이다. 그리고 이것은 무엇과 무엇이 어떤 관계에 있는지, 어떤 영향을 주고받을 수 있으며 또 실제로 주고받고 있는지를 결정하는 인식적 권력의 문제와 떼놓을 수 없다. 그러므로 만약 자기기술이 불가능해졌다면 그것은 우리가 더 이상 우리 스스로에 대해 기술할 권리를 가지고 있지 않기 때문일 것이다.

말 그대로 인용은 적절치 않을 수 있는데, 하지만 그
적절치 않음 없이 인용은 어떤 의미도 갖지 못할 것이다.
인용을 통해 우리가 확인하고자 하는 것이 다름 아닌
적절함과 적절치 않음을 나누는 경계의 무너짐이기
때문이다. 따라서 내용 없는 연결, 전혀 연결이 아닌
연결이야말로 인용의 가장 탁월한 사례다. 이러한 무작위한
연결성의 과도한 수용은 그것이 아닌 다른 연결의 가능성을
모색하는 방법이며, 또한 어딘가에서 가져오지 않는다면
스스로는 어떤 것도 갖지 못한 이들이 무엇인가를 손에 쥐는
방식일 수 있다.

　　이상우의 『프리즘』에 수록된 대부분의 작품은 바로 이런
이들의 이야기를 그리고 있다. 『프리즘』의 인물들은 단지
위험한 것을 넘어 그러한 위험이 더없이 일상적이 된 세계
속에서 우산을 잃어버리듯 직장을 잃고, 자의식을 잃고,
언제나 무엇인가에 중독되며, 온전한 상태로는 어떤 것도
주어지지 않은 채로 살아간다. 그중 한 작품인 「888」에서
사과 한 알을 받기 위해 여행 중인 화자는 한 소년을
만난다. 그 소년은 자신이 지구를 지켜야 하지만 지구와
자신은 아무런 상관이 없다고 말한다. 그게 말이 되냐고
묻는 화자에게, 소년은 화자 역시 사과를 받기 위해 여행
중이지만 사과와 아무런 상관이 없지 않느냐고 반문한다.

지구를 지킨다는 터무니없이 거대한 의무를 짊어진 동시에
자신이 지켜야 할 대상에서 아무런 연결을 느끼지 못하는
소년은 앞서 이야기한 연결과 단절의 이중구속을 체현하는
인물이다. 그리고 '너'로 지칭되는 화자는 소년과 아래와
같은 대화를 나눈다.

아이는 왠지 노인 같은 목소리로 말한다. 바다에서
솟아오르는 광선들에서, 너는 쏟아지는 웃음소리, 어쩌면
울음소리 같은 것을 듣는다. 형 이야기를 해봐. 할 이야기가
없는데. 형의 여행이 만약 소설이라면, 아무도 여기까지 읽지
않을 거야. 너는 소설이 무엇인지 모르나, 고개를 끄덕인다.
그래도 형은 의미 있는 척 형의 여행을 이어나가지. 너는
아이에게 한 발자국 더 다가가며, 하지만 너는 지구와 상관이
있고, 나도 사과와 상관이 있어.[10]

아마도 '자기기술'이라는 맥락에서 더 흥미롭게 보일
'너'라는 지칭은 묘한 겹침을 만들어 낸다. 위의 인용에서
아이에게 다가가는 '너'는 화자이지만, 그렇게 다가가 "너는
지구와 상관이 있"다고 말할 때의 '너'는 소년을 가리킨다.

10   이상우, 「888」, 『프리즘』(문학동네, 2015), 121쪽.

이 겹쳐짐 속에서 화자와 소년, 그리고 사과와 지구가
모종의 연결을 획득한다. 우리는 그것이 아직 어떤 의미를
갖게 될지는 모르지만 그럼에도 거기에 어떤 상관이 있다는
사실을 안다. 이 내용 없는 연결들로부터 우리는 그것이
아무리 마구잡이라 하더라도 함께 있는 두 대상이 완전히
무관할 수는 없음을 느낀다.

그리고 할 이야기가 없더라도 우리는 일기를 쓴다. 일기가
중요한 글쓰기 형식이 된 이유는 그것이 어떤 내밀함의
환상과 나르시시즘을 강화하기 때문만은 아닐 것이다.
오히려 일기는 '하루'라는 임의적인 단위 속에 잡다한 것들을
들여놓고 그것들을 연결시킬 수 있는 틀이다. 에세이도,
그리고 소설도 마찬가지 아닐까? 우리의 예시문에서 10월
10일이라는 무의미한 날짜는, 그것이 무의미하기에 서로
연관성 없는 사건들이 모이는 공통의 장소가 된다. 만약
우리가 저 예시문에 이어서 소설을 써 나간다고 했을 때
우리의 작업은 어떤 모습이 될까? 아마도 그건 산만하게
흩어져 있는 사건들을 수습하고 거기에 어떤 의미를
부여하는 것과 정확히 반대의 작업에 가까울 것이다.
말하자면 우리는 그 최초의 산만함을 보존하고, 우리가
통제할 수 없는 것들을 우리에게 익숙한 의미적 인과관계로
엮어 내려는 유혹에 저항해야 할 것이다. 그러고 나면

사물들은 자신이 왜 거기에 그대로 있어야 하는지에 대한 나름의 이유를 들려주기 시작할 것이다. 때로 내게 글쓰기의 전부란 그 소리를 듣기 위해 조용히 목소리를 낮추는 일처럼 느껴진다.

7화

호랑이도 장미꽃도 공작새도
다 가짜라는 거 안다

과도한 해석들

준비라는 것이 꼭 직접적으로 실용적인 계기들과 관련된
것만은 아니다.(이때까지 무슨 실용적인 것을 이야기했나
하는 생각은 들지만⋯⋯) 가령 중요한 것은 마음가짐, 혹은
사람 자체일 수도 있다. 말년의 일기에서 찰스 부코스키는
제 앞가림부터 하는 게 우선이며, 그렇게만 하면 글은
자동적으로 읽을 맛이 나고 흥미진진해진다고 쓴다.[1]
부코스키가 정확히 어떤 의미에서 이런 말을 했는지는 알 수
없지만 내가 생각하기에 자기 앞가림을 한다는 것은 할 것은

---

[1] 찰스 부코스키, 설준규 옮김, 『죽음을 주머니에 넣고』(모멘토, 2015), 69쪽.

하고 하지 말 것은 하지 않는다는 것을 의미한다. 이것은
다소 꼰대적인 생각일 수 있지만, 동시에 바로 거기에 요점이
있기도 하다.

　사실 예전에 나는 꼰대와 호구라는 주제에 사로잡힌
적이 있었다. 당시 내게는 사람들이 가장 되기 싫어하는
두 개가 꼰대와 호구인 것처럼 보였다. 그래서 그것만으로
꼰대와 호구가 되는 것에는 어떤…… 윤리적인…… 장점이
있다고 생각했던 것 같다. 시절이 바뀌어서 요즘에는 자신을
꼰대라고 부르는 것이 어느 정도는 스스럼없는 분위기도
생겨난 것 같다. 물론 자신을 '젊은 꼰대'라고 부르는 경우는
대부분 좋지 않다. 어떤 사람이 사십 대인 것에는 아무 문제가
없지만 '영 포티'에는 문제가 있는 것처럼…… 여기에는
말하자면 체리피킹을 하려는 얄미운 셈속 같은 것이
느껴진다. 어쨌든 내가 꼰대와 호구가 중요하다고 생각했던
이유가 꼭 남들과 다른 방향을 무조건적으로 좋다고 생각했기
때문은 아니다. 거기에는 실질적인 이유가 있다.

　꼰대의 좋은 점:
　1. 무엇을 해야 하는지에 대한 분명한 감각이 있다.
　2. 시류에 휩쓸리지 않는다.
　3. ……장점이 두 개면 충분히 많은 것이다. 요즘 사람들은

정말 만족을 모른다. 정말이지, 이래서 세상이……

　하지만 장점이 두 개뿐이라도 꼰대적인 것은 글쓰기에
필수적인 어떤 측면을 가지고 있다. 사실 많은 작가들이,
아니 훌륭하다고 여겨지는 대부분의 작가들이 꼰대였다.
이런 이야기를 했을 때 내게 가장 먼저 떠오르는 것은 한나
아렌트다. 그는 처음에 자신의 책『정신의 삶』의 제목을
라틴어로 표기하려 했었다. 그렇게 하면 라틴어를 전혀
모르는 대다수의 독자들이 어려워하지 않겠냐는 편집자의
염려에 아렌트는 이렇게 대답한다. "배워야지요."

　아렌트만 그런 것이 아니다. 미셸 푸코…… 그러고 보니
사실 나도 시에 대한 어떤 글을 쓰고 꼰대라는 말을 들은
적이 있다. 당연히 내가 푸코라는 이야기는 아니다. 그 말
자체는 그럴 수 있다고 생각했다. 의아했던 것은 그 말을 한
분이 푸코를 공부하던 분이었다는 사실이다. 왜냐하면 내가
알기로 푸코만 한 꼰대도 드물기 때문이다. 아닌 게 아니라
『성의 역사』1권은 절반 이상이 68혁명에 대한 맨스플레인이
아닌가? (어떤 면에서 보자면 그렇다는 이야기다. 어떤
면에서는……) 이것은 당연히 철학 분야에만 한정된 이야기도
아니다. 가령 토레와의 인터뷰에서 마르그리트 뒤라스는
이런 말을 한다.

뒤라스　　　남성의 글쓰기는 권력, 권위와 가깝고, 그것들은 그
　　　　　　자체로 진정한 글쓰기와 거의 관련이 없죠. (……)
　　　　　　프루스트는 오직 동성애 덕분에, 굴곡 많은 열정에
　　　　　　휩싸이면서 동시에 문학을 할 수 있게 됐죠.
토레　　　　조금 과도한 해석이라고 생각하진 않으세요?[2]

　물론 과도한 해석이다…… 하지만 우리는 확실히
뒤라스가 그것을 전혀 신경 쓰지 않으리라는 사실을 안다.
꼰대적 진실(이라고 부를 만한 무엇)이 있다면, 그것의 특징
중 하나는 그러한 진실을 주장하는 사람이 다른 의견에 신경
쓰지 않는다는 사실이다. 그들은 자신의 손에 쥐고 있는 이
작은 진실을 결코 놓지 않으며, 그것으로 자신이 해야 할
일을 한다. 그들에게 이 진실은 거의 동어반복이 보장해
주는 정도의 확실성을 갖는다. 이 확실성에 대해서라면 시몬
베유를 빼놓고 논할 수 없다.

　　어떤 집단에게 개인성이 성스럽다고 말하는 게 쓸모없듯,
　　개인에게 개인성이 그 자체로 성스럽다고 말하는 것도
　　쓸모없습니다. 개인은 그걸 믿을 수 없습니다. 개인은 스스로가

2　마르그리트 뒤라스·레오폴디나 팔로타 델라 토레, 장소미 옮김, 『뒤라스의
　　말』(마음산책, 2021), 100~101쪽.

성스럽다고 여기질 않습니다. 개인이 그처럼 여기는 걸
가로막는 원인은 다음의 사실입니다. 즉 개인성은 실제로
성스럽지 않다는 사실.[3]

　뭐라고 할까, 인용된 글의 마지막 문장이 놓인 자리는
원래라면 논증적 근거가 나오는 것이 자연스러운 자리이다.
하지만 시몬 베유에게 그곳은 그냥 절대적으로 확실한
사실이 등장하는 자리이다⋯⋯ 어쨌든 이런 문장은 무엇이
성스러운 것이고 무엇이 성스럽지 않은 것인지를 완벽하게
알고 있는 사람의 것이다. 시몬 베유는 거의 신과 직통
전화가 있는 사람처럼 글을 쓴다. 아마 이는 그의 글이
그것을 읽는 이에게 그토록 많은 영감을 줄 수 있는 이유일
것이다. 이런 방식의 논증이 합당한가? 당연히 그렇지 않다.
꼰대들의 말이 상식적이고 온건한 사람들의 관점에서
합당해 보이는 경우는 별로 없다. 하지만 시몬 베유라면
오히려 진실과 합당해 보이는 것, 진실과 설득의 문제는
전혀 별개라고 말할 것이다. 앞서 뒤라스의 경우에 비추어
보더라도, 우리는 뒤라스의 말에서 드러나는 성별 이분법적
시선과 글쓰기에 생리적 자격을 부여하는 것의 위험성,

3　시몬 베유, 이종영 옮김, 『신의 사랑에 관한 무질서한 생각들』(새물결, 2021),
　69쪽.

그리고 무엇보다 아무런 근거 없음 등등의 문제를 지적할 수 있다. 그런데 문제는 그렇게 해 봤자 아무런 의미가 없다는 데에 있다. 더 심각한 문제는 우리가 이런 말들의 '합리적 핵심'을 추려 내려고 그것을 온건한 표현으로 바꾸었을 때 그 안에 있던 모종의 진실까지도 함께 사라져 버리는 것 같다는 느낌에 있다.

그러니 이 과도함은 그 자체로 중요하다. 어쩌면 어떤 진실은 왜곡된 형태 속에서만 표현될 수 있는지도 모른다. 때때로 우리는 우리가 보는 진실 말고는 다른 어떤 근거도 없는 지점까지 나아가야 한다. 그러한 글쓰기의 사례는 손으로 꼽을 수 없을 정도로 많다. 굳이 일화를 들 필요도 없을 정도로 악명 높은 라캉이나 헤겔, 다자이 오사무의 '성격적 결함'은 냉수마찰을 하고 규칙적으로 라디오 체조나 하면 고칠 수 있는 것이라 말했던 미시마 유키오, 또…… 내게 이들의 말도 안 되는 생각들은 그들을 사랑하기 때문에 어쩔 수 없이 감안해야 하는 부분이 아니라, 가장 아름답게 느껴지며 가장 결정적으로 나를 매혹하는 바로 그 부분이다. 진정으로 위대한 작가들은 어떤 의미에서는 모두 꼰대이다. 물론 세상에는 정말 조금도 위대하지 않은 꼰대가 압도적으로 더 많다는 사실을 나도 잘 알고 있다……

그림은 또 그리면 된다

그것이 우리가 또한 호구가 되어야 하는 이유이다. 일단
여기에는 늘 그렇듯 실용적인 장점이 있다. 내가 생각하기에
우리는 호구가 되기 너무 싫어하는 나머지, 호구가 되는
것보다 훨씬 더 큰 피해마저도 감수하려 한다. 사람들이
그런 식으로 기꺼이 감수하는 피해의 양은 가끔 보면
기가 질릴 정도이다. 내 생각에는 그냥 호구가 되는 것이
낫다……

그리고 그건 전혀 나쁜 일도 아니다. 오히려 반대이다.
역사상 가장 잘 알려진 호구의 사례를 참조해 보자. 한쪽
뺨을 맞으면 다른 쪽 뺨을 내놓으라고 한 사람, 그러니까
예수. 그에 대해 많은 말들이 있고 다양한 의견이 존재하지만
어쨌든 예수 그 자신이 나쁜 사람이라고 하는 경우는 많이
보지 못했다. 존경도 많이 받고. 아무래도 성인이니까?
그런데 이런 말을 하면 지금은 시대가 훨씬 삭막해졌기
때문에 더 이상 그럴 수 없다고 하는 사람들이 꼭 있다.
말하자면 예전에는 한쪽 뺨을 맞았을 때 다른 쪽 뺨을
내놓으면 상대가 거기서 더 때리지 않을 정도의 도리라는
것이 사람들 사이에 존재했지만 이제는 그렇지 않다는
것이다. 하지만 나는 그렇게 말하는 사람이야말로, 그러니까

어떤 좋은 것이 예전에는 가능했지만 이제는 가능하지
않으므로 나는 그렇게 하지 않는다고 변명하는 사람, 그런
사람이야말로 아주 오래 전부터 지금까지 변하지 않고
존재해 왔던 사람의 유형이라고 생각한다. 예수님이 다른
쪽 뺨을 내놓으라고 했을 때도 이미 그런 사람들에게
둘러싸여 있었고, 그는 바로 그런 사람들을 향해 말을 했던
것이다. 어쨌든 그때도 사람들은 그렇게 착하지 않았다. 착한
사람들이 그렇게 많았으면 애당초 예수님이 그렇게 죽지
않았겠지…… 그렇지 않나?

　구체적으로 호구의 덕목에 대해 생각해 보자. 그는 우선
수용하는 사람(자신의 뜻을 현실로 관철할 힘이 없음)이다.
그리고 타인의 말에 귀 기울이는 사람(귀가 얇고 잘 속아
넘어감)이며, 용서하는 사람(복수를 할 역량이 결여되어
있음)이다…… 물론 조금 그렇다. 딱 보기에 별로 좋아
보이지만은 않는다. 하지만 사람은 원치 않게 좋은 사람이
되기도 한다. 그렇다면 그것이 좋은 일 아닐까? 게다가 결국
정말 냉정하게 따져본다면 — 자신의 뜻, 명료한 판단, 복수를
할 역량, 이런 것들에 무슨 하나라도 좋은 점이 있다는
말인가? 사람들은 성자와 호구가 한 끗 차이라고들 한다.
그러나 성자와 호구를 비교했을 때 후자의 압도적인 장점이
있다. 성자가 되는 것은 거의 불가능할 정도로 어렵지만

호구가 되는 것은 그 정도로 어렵지 않다는 것이다. 우리는 단지 그것을 결단코 피해야 한다는 생각을 버리기만 하면 된다…… 그것은 계속 말했듯이 우선 자체로 좋은 일이고, 거기에 더해 글쓰기에도 큰 도움이 된다. 아래의 시가 그 강력한 증거다.

그녀가 침대 옆으로 몸을 숙여
옆쪽 벽에 놓인
화첩을 열었어.
우리는 술을 마시는 중이었지.
그녀가 말했어, "전에 이 그림들
나한테 준다고 약속했잖아,
기억 안 나?"
"뭐? 아니, 아니, 기억 안 나."
"에이, 그랬어, 약속을
했으면 지켜야지."
"씨펄, 그림 건드리지 마,"
그렇게 말하고는
맥주를 가지러 부엌에
들어갔다가 잠시 구역질을 한 뒤
나가 보니

창밖으로 그녀가 보였어.
그녀는 아파트 샛길을 따라
뒤편 자기 집으로 가고 있었는데
그림 마흔 점을
머리에 이고
아슬아슬 걸음을 재촉하더군.
유화
펜화
아크릴화
수채화.
한 번 발을 헛딛고
엉덩방아를 찧을 뻔하더니
계단을 뛰어올라
현관문을 통과한 뒤
위층 자기 집을 향해
머리에 그 그림들을
몽땅 이고 뛰어가는 꼴이란.
살다 살다 그렇게 웃긴 광경은
처음이었어.
에이, 그림 마흔 점
더 그려야겠네.

— 찰스 부코스키, 「약속」⁴

이 시에 거의 모든 것이 있다. 만약 이 시의 화자가
자신이 호구가 될 가능성을 원천 차단했다면, 그러니까
혹시라도 여자가 그림들을 들고 달아날까 봐 미리 여자를
집밖으로 쫓아냈다면 이런 멋진 시가 쓰일 수 있었을까?
그리고 여자가 그림을 들고 갔을 때 참을 수 없이 화가 나서
곧바로 그녀를 따라갔다면 누군가가 머리에 아슬아슬하게
그림들을 이고는 "한 번 발을 헛딛고/ 엉덩방아를 찧을
뻔하더니/ 계단을 뛰어올라" 현관문으로 들어가는 이
우스꽝스러운 광경을 목격할 수 있었을까? 무엇보다 결국
그가 자신의 그림을 되찾아야겠다는 생각에 사로잡혀
있었다면, 이 시의 최고로 아름다운 결구는 결코 쓰일
수 없었을 것이다. 하지만 그는 그런 생각을 놓아주고,
현실을 수용한다. 그에게는 세계가 자신의 생각대로
되어야만 한다는 그런 종류의 생각이 없다. 그리고 그가
그린 그림들 —— 그는 그것이 결코 되돌릴 수 없는 어떤
것이 아님을, 그리고 그가 그의 그림과 맺는 어떤 개인적인
관계들(그림을 그릴 때의 기억, 개인적으로 갖는 애착, 나 자신의

---

4 찰스 부코스키, 황소연 옮김, 『사랑은 지옥에서 온 개』(민음사, 2016).

소유물에 대해 갖는 권리 등등)조차도 생각보다 중요하지 않을
수 있음을 안다.

정말이지 하나도 중요하지 않다. 내가 시몬 베유를
찾아 읽었던 가장 큰 이유도 이 권리라는 것이 너무나
지긋지긋했기 때문이다.(시몬 베유는 어쨌든 다른 길을 보여
준다.) 그것이 우리의 현실적 삶의 어떤 영역에 필요하지
않다는 말은 아니지만, 내가 생각하기에 권리라는 개념은
정말 중요한 것과 관련되었을 때 활용하기에는 너무도
취약한 개념이다. 호구의 장점은 그가 그러한 권리를
(자의로든 타의로든) 포기한 사람이라는 데에 있다. 여기서
여자가 그림을 가져가 버리도록 놔두는 부코스키는 예기치
않게, 다소 미묘한 방식으로 시몬 베유와 맞닿는다. 즉 그는
"개인성은 실제로 성스럽지 않다는 사실"을 안다. 이 시의
결구가 현시하는 자유로움은 바로 그러한 개인성으로부터의
해방 자체이기도 하다.

레시피

게다가 조금 속는다고 해서 나쁜 일도 아니다. 오히려
가장 상상하기 어려운 것은 조금도 속지 않고 글을 쓴다는

것이다. 「소설의 준비」 강의 첫 시간에 롤랑 바르트가
제기하는 문제는 환상이다. 그는 소설이 무엇보다 어떤
환상으로부터 시작한다고 말한다. 환상이란 실재가 아닌
어떤 것이다. 그것은 매혹하고 속인다. 그러나 그러한 속아
넘어감 없이는 글쓰기도 없다.

> 따라서 역사적으로 다음과 같은 문제, 즉 과연 소설이
> 오늘날에도 가능할까의 문제를 제기하는 것은 정당합니다.
> 하지만 순진하게 나는 이 문제(환상의 순진성)를 나 자신에게
> 제기하지 않을 것입니다. 지금 당장은 전략적으로
> 소설 — '나의' 소설 — 을 생각하지 않을 것입니다.[5]

바르트가 하필 '순진하게'라는 단어를 진한 글씨로 표기해
놓은 이유가 있을 것이다. 그에게도 순진하게 속아 넘어가는
것, 즉 호구가 되는 것은 글을 쓰는 이의 가장 중요한 자질들
중 하나였던 것이다. 바르트에게 그것은 분명 글쓰기에
필수적인 하나의 전략이다. 나는 일부러라도 속아야 한다.
이것은 내가 원하지 않는 것을 원하는 일에 대한 것이다.
그리고 호구 하면 바가지 쓰는 것을 빼놓을 수 없는데, 이와

5   롤랑 바르트, 변광배 옮김, 『롤랑 바르트, 마지막 강의』(민음사, 2015), 43쪽.

관련해서 내가 부코스키의 시만큼이나 좋아하는 시가 하나
더 있다. 조금 길긴 하지만 워낙에 좋아하는 시라 전문을
인용해 보려 한다.

동대문시장 이불 장수가 나를 붙잡는다. 이불 한 번
쳐다봤다고 즉시 이불 세 채를 펼친다. 호랑이를, 장미꽃을,
공작새를 수놓은 이불을 펼친다. 이불 한 번 만졌다고
날아다니는 새 백마리를 펼쳐놓는다. 아홉 채 열 채를
펼쳐놓는다. 야옹이를, 러시아 호랑이를, 아라베스크를
뿌리치고 가야 하는데 못 가고 만다.
사십 년 이불 장사 베테랑의 수완에 말려들어 고개를
끄덕인다. 이렇게 많은데 맘에 드는 게 없다니, 가격이 맘에
안 드나요? 이불 장수가 계산기를 두드려 눈앞에 들이민다.
다른 가게도 좀 돌아본 후에요. 그가 눈을 치켜뜨며, 이렇게
많이 펼쳐보고 그냥 가면 어떡해? 미안해요, 간신히 뿌리치고
달아나는데 재빨리 뒤쫓아와 귓가에 처음 만진 이불을 반값에
주겠단다. 그는 나를 나보다 더 잘 안다. 나는 돌아가 아까 그
이불을 다시 만지게 된다. 안 살 줄 알고 제시한 가격인데 다시
왔으니 손해 보고 파는 거예요, 대신 베개 값을 더 내야 돼요.
가격을 올린다. 어느새 둘둘 말아 포장을 한다. 카드를 내미니
현금 내면 십 프로 할인해 준다고 한다. 호랑이도 장미꽃도

공작새도 다 가짜라는 거 안다. 이불 덮고 항우울제를 삼키고 눕게 될 것이다. 벌떡 일어나 소비자 고발센터에 전화라도 해 보고 싶을 것이다. 그러나 꼼짝 못한다. 시장에서의 현금 결제는 반품이 안 된다고 했다.

이불 덮고 누워 곰팡이 코르디셉스를 읽는다. 코르디셉스는 왕개미 머릿속에 들어가 화학물질을 분비한다. 그러면 개미는 한낮에 나무로 올라가 나뭇잎을 물고 매달린다. 꼼짝 못하다 저녁 무렵 죽는다. 곰팡이는 밤사이 개미 머리를 뚫고 자라나 포자를 흩뿌린다. 포자는 나무 아래를 지나는 또다른 개미들에게 낙하 침투한다. 포자가 침투할 최고의 장소로 개미를 유혹해 나뭇잎에 매달리게 한 것은 곰팡이 코르디셉스. 어떤 화학작용이 내 머릿속에서 일어난 것일까, 호랑이 이불을 덮고 곰팡이 코르디셉스를 읽는다.

　　　　　　　　　　　　　　　　　　　——최정례, 「이불 장수」[6]

한마디로 총체적 난국이다. 곰팡이 코르디셉스에 감염된 개미가 도착해 끝끝내 움직이지 않는 곳은 개미가 원해서 가고 싶어 했던 곳이 아니다. 그 매달림은 코르디셉스의

---

6 최정례, 『빛그물』(창비, 2020).

이익을 위한 것이다. 하지만 어쨌든 개미는 그것을 원한다. 내가 시장에서 산 이불은 내가 원한 것이 아니고, 그 이익은 이불 장수의 것이지만 어쨌든 나는 웃돈까지 주고 이불을 사 와 그것을 덮고 눕는다. 이불의 무늬 역시 하나의 환상에 불과하다. "호랑이도 장미꽃도 공작새도 다 가짜라는 거 안다" 그러나 이 가짜는 그것이 가짜임을 알고 있는 나를 사로잡는다. 개미와 나의 차이는 개미가 그 사실을 모르지만 나는 알고 있다는 것뿐이다. 이 시가 그것을 긍정하고 있다고까지 말하기는 어려울 것 같다. 하지만 부정도 하지 않는다. 여기에는 단지 글을 쓴다는 것과 관련이 있는 어떤 강렬한 에너지가 있다. 나를 사로잡은 것 역시 이 진짜가 아닌 것들, 과장과 억지, 시장 바닥과 고함과 어지럽고 화려한 가짜 무늬들이 발산하는 현기증 나는 에너지다. 긍정도 부정도 하지 않은 채 이 시는 글쓰기에 붙들려 있다.

　뭐라고 하더라도 결국 글을 쓰는 게 엄청난 이득은 아니다. 몇몇 예외적 사례를 제외한다면 큰 이득을 보려고 글을 쓸 수는 없다. 글을 쓴다는 것은 어느 정도는 호구가 된다는 뜻이다. 그리고 이 글은 세 부분으로 이루어져 있는데, 하나가 꼰대에 대한 것이고 두 개가 호구에 대한 것이다. 그것을 정리하면 다음과 같은 레시피를 도출할 수 있다.

$$작가 = \frac{1}{3} 꼰대 + \frac{2}{3} 호구$$

뭐, 내 생각에는 그렇다. 꼰대가 되는 것은 중요하고, 호구가 되는 것은 그것의 두 배로 중요하다. 꼰대는 뭔가 확고한 생각을 가지고 있는 사람이고 호구는 남에게 강요하기보다는 순응하는 사람이다. 그래서 좋은 작가들은 자신만의 확고한 진실을 만들고 나서 그것이 남들에게 천대받고 부서지도록 놔둔다. 자신만의 확고한 진실을 손에 쥔 채, 자신을 포함한 나머지 모든 것이 그 나름대로 돌아가도록 내버려두는 것이다. 이렇게 생각하면 아무런 어려움이 없다. 그리고 사실 「이불 장수」는 조금은 슬픈 시다. 왜 슬픈지는 잘 모르겠다. 이 시가 수록된 시집 『빛그물』은 최정례 시인이 돌아가시기 직전 암 투병 중일 때 발간한 것인데, 어쩌면 그 사실이 내 읽기에 영향을 미치고 있는지도 모르겠다. 원래 이번 글은 시종일관 가볍고 웃긴 어조를 유지하고 싶었는데 최정례 시인의 시를 인용하고 보니 끝이 꼭 그렇게 된 것 같지만은 않다. 인용하지 않고 다른 식으로 이야기를 끌어갈 수도 있었지만, 이 시가 한번 생각난 이후에는 도무지 뿌리치고 갈 수가 없었다. 그런데, 뭐……
다 내 마음대로 할 수는 없는 거니까. 그림은 또 그리면 되고,
글은 또 쓰면 된다. 그리고 이렇게 된 데에도 좋은 점이
있겠지. 그렇겠지?

8화

비평가 선생들께서
이 모든 것을 잘 알고 있다는
사실을 명심하시오

비평적 미끄럼틀

인스타그램 돋보기(이거 공식 명칭이 뭔지 모르겠다)를
뒤적거리다가 60이 넘어 보이는 할아버지 택시 기사님
말투가 웃기다는 글을 본 적이 있다. 차선 변경을 하다
혼잣말로 갑자기 이렇게 말씀하셨다는 것이다.

"대전 특성. 안 비켜 줌. 인정?"

갑자기 그 글이 생각이 났다. 왜냐면 나도 이렇게 말해
보고 싶었기 때문이다. "한국 특성. 뭐만 하면 하지 말라 함.
인정?"

내가 생각하기에 한국에는(한국이라고 말하는 이유는 단지
내가 외국 사정을 잘 모르기 때문이다.) 뭘 하지 말라고 하는

사람들이 너무 많다. 심지어 뭘 하는 방법을 알아보려고 유튜브를 찾아봐도 태반이 하지 말라는 말들이다. 예컨대 '푸쉬업 하는 방법'으로 검색해 보면 만나게 되는 건 썸네일에 대문짝만 한 빨간 글씨로 '푸쉬업 이렇게 절대 하지 마세요!'라고 쓰인 영상이다. 노래하는 법? '이렇게 노래하면 목 다 나갑니다' 글쓰기도 예외는 아니다. 사실 글쓰기와 관련해서는 상황이 훨씬 더 심각하다고 말할 수 있다. 대체 간에 뭘 해도 된다는 말을 언제 보았는지 기억이 가물가물할 정도이다. 얼마 전에는 출판을 전제로 쓴 일기가 언제나 보기 흉한 나르시시즘으로 빠질 수밖에 없으니 하지 말라는 요지의 글을 읽었다.

사실 사람이라면 누구나 싫어하는 것이 있고 거기엔 아무 문제도 없다. 출판을 의식하며 쓴 일기에는 실제로 위와 같은 단점이 어느 정도는 있을 것이다. 물론 꼭 출판을 염두에 두지 않는다 하더라도 타자를 전혀 의식하지 않고 글을 쓰는 것이 가능한가라는 문제 제기도 가능하겠지만, 여기서 내가 말하고 싶은 건 그 이전의 문제이다. 말하자면 글을 쓰는 사람들은 항상 자기가 싫어하는 것에 아주 거창한 이유를 붙이지 않고서는 못 배기는 경향이 있다는 것 같다. 마치 내가 무엇을 싫어하기 위해서는 반드시 윤리적이거나 미학적인 근거가 있어야 하기라도 한 것처럼, 혹은 내가

무엇을 싫어한다면 거기에는 반드시 윤리적이거나
미학적인 근거가 있다고 말하고 싶기라도 한 것처럼……
'이러저러해서 난 별로던데'라고 쓰는 경우는 별로 없다.
언제나 겉으로 보이는 것보다 심각하고 중대하며 근본적인
문제가 숨겨져 있다. 하지만 정말 늘 그런 것일까? 일레인
스캐리는 한 글에서 예술가들이 괴로움을 표현하는
일에 대한 경계를 표현한 적이 있는데, 나는 그것이 보다
일반적으로 글을 쓰는 이들의 경우에도 적용될 수 있다고
생각한다. 스캐리는 이렇게 썼다.

> 예술가들이 성공적으로 괴로움을 표현한 탓에 예술가
> 집단이 가장 진정으로 고통받는 사람들로 여겨지고, 그래서
> 도움이 절박하게 필요한 다른 사람에게서 의도치 않게 관심을
> 빼앗을 위험이 있음을 창작자는 인지해야 한다.[1]

나는 이 문장의 모든 부분이 좋다. 여기서 스캐리는
예술가들이 괴로움을 표현하는 과정에 있어서 발생할
수 있는 문제점을 지적하고 있지만, 그렇다고 해서
괴로움을 표현하는 그 행위 자체를 무가치한 것으로

---

[1] 일레인 스캐리, 메이 옮김, 『고통받는 몸』(오월의 봄, 2018), 19쪽.

말하지는 않으며, 그로 인해 발생할 수 있는 부정적
효과를 과장하지도 않는다. 무엇보다 스캐리는 그러한
위험이 있음을 창작자가 인지해야 한다고 말하지, 그런
것을 절대 하지 말라고 말하지는(혹은 양식 있는 사람이라면
당연히 하지 말아야 한다고 생각할 정도로 강하게 비난하지는)
않는다. 그리고 이 문제 제기의 내용 자체도 적확하다. 앞서
이야기한 것처럼 나는 예술가를 넘어, 글을 쓰는 사람이
자신의 싫음을 매우 성공적으로 표현한 탓에 그 자신의
싫음이 가장 진정한 것으로 여겨지는 것을 경계해야 한다고
생각한다.

그렇게 생각하지 않는 사람들도 있을 수 있겠지만, 내가
보기에 세상에는 사소한 일들도 있다. 하지만 글을 쓰는
사람들 — 그중에서도 특히 비평가라고 불리는 이들 — 에게
사소한 것은 거의 없는 것처럼 보인다. 실제로 내가 겪었던
일이기도 한데, 예전에는 누군가가 무슨 글이나 생각을
옹호하면 곧바로 그 사람을 아우슈비츠의 옹호자로 만들어
주는 일종의 거대한 비평적 미끄럼틀 같은 것이 있었다.
잘 세워진 도미노처럼 작은 블록 하나를 건드리면 그것이
다른 블록들을 무너뜨리면서 곧장 대학살의 현장으로까지
향하는 것이다. 이 도미노는 완벽한 간격으로 세워져 있어서
결코 도중에 멈추는 법이 없다. 은유를 좋아한다고요?

은유가 얼마나 폭력적인지 아시나요? 그것이 어떻게
작동하는 것인지? 그러한 작동 방식을 옹호하던 사람들이
바로……

제로섬 게임

　게다가 무엇이 정말 나쁜 것인지도 확실하지 않다. 구제할
수 없이 불의에 속할 것이 매우 확실한 몇몇 사례나 억압의
장치들이 있기는 하지만, 전면적이고 근본적으로 악을
단언할 만한 것이 얼마나 많을까? 미셸 푸코는 이 주제에
대해 계속해서 생각해 온 사람 중 한 명이다.

　　나는 어떤 것은 '해방'의 층위에 속하고 또 어떤 것은
'억압'의 층위에 속한다고 말할 수 있다고 생각하지 않습니다.
우리가 강제수용소처럼 확신을 가지고 그것이 해방의 도구가
아니라고 말할 수 있는 것들이 있기는 합니다. 하지만 주어진
체계가 얼마나 공포를 부추기든 간에, 어떠한 저항도 사전에
막아 버리는 고문과 처형을 제외한다면, 언제나 저항과
불복종, 대항 세력화의 가능성이 존재한다는 사실을 ── 이는
일반적으로 간과되는데 ── 고려해야만 합니다.[2]

사실 무엇인가를 비판한다는 것이 결국에는 많은 경우 진정성의 제로섬 게임으로 빠져든다. 예전에 장소를 진정으로 경험하는 방법은 그곳에 사는 것이지, '인스타그램 인생샷'을 찍는 것은 아니라는 식의 논지를 펼치는 글을 본 적이 있다. 그런 욕망은 경솔하고 피상적인 욕망에 불과하다는 것이다. 모르겠다…… 나는 광주에서 초등학교, 중학교, 고등학교를 졸업했고 10년을 넘게 살았다. 하지만 그 시기에 나는 집-학교의 경로만을 반복했고 따로 놀러간 곳이 없었기 때문에(그러게, 나는 왜 그랬을까?) 광주에 대해서 내가 아는 것은 극히 적었다. 내가 도시로서의 광주를 알게 되었다고 느낀 것은 광주를 떠난 후로도 10년이 넘어 관광객으로서 광주에 갔을 때였다. 인생샷을 찍는 데 성공했는지는 모르겠지만 나는 광주에서 '이름난' 곳들을 찾아가 보고, 늘 옆에 있었기에 전혀 가 볼 생각이 들지 않았던 장소들을 가 보았다. 하지만 무엇이 광주에 대한 더 '진정한' 체험일까? 두 종류의 상이한 체험 방식 중 하나를 진정한 것으로 골라내고 다른 하나를 피상적이고 편협한 것으로 골라내는 일이 그렇게 중요할까? 동시대의 문화 현상을 이런 방식으로 바라보는 글들을 읽을 때 나는 로버트 벤투리가 동료 건축가들에 대해

---

2   미셸 푸코, 이상길 옮김, 『헤테로토피아』(문학과지성사, 2014), 72쪽.

했던 말이 생각난다. "건축가들은 비판적이지 않은 시선으로 주변을 바라보는 법을 잊어버렸다."[3]

하얀 지팡이

당연하지만 어떤 것을 하지 말라는 말이 좋을 때도 있다. 한때 헤르베르트의 시를 정말 좋아했었는데(그때처럼 많이 읽지는 않지만 물론 지금도 좋아한다.), 그때 특히 좋아했던 시 중 하나에 이런 구절이 있다.

타인의 머리 위에서
나무뿌리를 휘두르지 말 것
배부른 자들의 창문을
하얀 지팡이로 두드리지 말 것

쓴 약초 즙을 마시되
끝까지 다 마시진 말 것
몇 모금은 미래를 위해

3 로버스 벤투리 외, 이상원 옮김, 『라스베이거스의 교훈』(청하, 2017), 41쪽.

신중하게 남겨 둘 것

　　　　　　　　　　　—「판 코기토가 고통에 대해서 묵상한다」에서[4]

　그때 이 시를 읽고 앞으로 다른 사람의 머리 위에서
나무뿌리를 흔들지 말아야겠다고 생각했다. 물론 전에
그렇게 해 본 적이 있는 건 아니지만 혹시 기회가 생긴다고
해도 말이다. 괜히 흙도 떨어지고 그게 눈이나 입에 들어갈
수도 있어서 별로 좋은 행동 같지 않다…… 한편으로는 왜
헤르베르트가 하필 하얀 지팡이라고 썼는지가 궁금하기도
했었다. 다른 색 지팡이면 괜찮다는 뜻일까?

나 옛날엔 그랬지만 지금 생각은 달라

　이렇게 말하는 나도 뭐가 싫다고 하고 있는 중이니 피차
마찬가지일지 모른다. 아마도 그럴 것이다. 사실 그것이
글쓰기의 싫은(하지만 받아들여야 하는) 점 중 하나이다.
보다 넓게는 언어의, 또 언어 속에서 살아간다는 것의……
이런 이야기를 할 때는 늘 탈무드의 유명한 굴뚝 이야기를

4　즈비그니에프 헤르베르트, 정병권·최성은 옮김, 『헤르베르트 시선』(지만지,
　2011년).

떠올린다. 굴뚝 청소를 하는 두 아이가 굴뚝에 들어갔다
나왔는데 한 아이의 얼굴은 깨끗하고 다른 아이의 얼굴은
더러웠다. 누가 얼굴을 씻겠는가? 이 질문의 최종적인
답은 둘 모두가 굴뚝에 들어갔는데 누구는 깨끗하고
누구는 더러운 일은 애초에 있을 수 없다는 것이다. 어쨌든
언어는 우리가 들어 있는 이 굴뚝이다. 내가 좋아하는 말도,
싫어하는 말도, 또 그런 말을 한 사람들도, 나도, 모두 이 굴뚝
안에 있다. 나는 우리가 바로 그 사실로부터 출발해야 한다고
생각한다.

　이 출발이라는 것은 정말 말 그대로의 의미이다.
플로베르는 루앙의 부르주아들에 대한 증오가 미적 감각의
시작이라고 말한 적이 있다. 루앙은 프랑스의 중소 규모
도시로 플로베르 자신이 그곳에 살던 부르주아였다. 이
말 자체가 일종의 자가당착인 셈이다. 우리는 사람이
일관성이 있어야 한다고 하지만 플로베르에게 이
자가당착은 다름 아닌 예술과 글쓰기가 시작되는 곳이었다.
왜냐하면 그것은 우리가 결코 피할 수 없는 어떤 지점이기
때문이다. 그러니까 사실 우리가 종종 사용하고는
하는 '내로남불'이라는 비난은 대부분 적절하지 않다.
'내로남불'은 내가 하면 로맨스고 남이 하면 불륜이라는
말의 줄임말로 흔히 자신이 한 일에는 너그럽고 남을

비난하는 자가당착의 상황을 조롱하는 데에 쓰인다. 이런 비난의 문제는 우리가 마치 자가당착에서 벗어날 수 있다는 환상을 심어 준다는 데에 있다.

　결국 모두가 똑같으니 누군가를 절대 비판해서는 안 된다거나, 혹은 손바닥 뒤집듯 그때그때 마음 편하게 말을 바꿔도 아무 문제가 없다는 뜻이 아니다. 다만 나는 우리가 자가당착에서 벗어날 수 없다는 사실을 알고 있는 것만으로 달라지는 것이 있다고 생각한다. 힙합 아티스트 김심야는 종종 인스타라이브를 하는데, 한 시청자가 그에게 티브이 출연하는 래퍼들을 비판해 놓고 그후 자신 역시 「쇼미더머니」(이후 '쇼미'로 줄임)에 나온 래퍼들의 이중성에 대해 어떻게 생각하냐고 물어본 적이 있다. 그 시청자의 생각으로는 사람이 살면서 생각이 바뀔 수도 있는 건데, 예전의 발언으로 계속해서 비난을 받는 것이 가혹하다는 것이다. 김심야는 이렇게 대답했다. "그거를 예상하고 쇼미 나간 사람을 안 깠어야죠. 뭐, 언제까지 오냐오냐 해야 합니까." 그가 비판하는 것은 어떤 래퍼들의 말과 행동이 일치하지 않는다는 사실 자체가 아니다. 내가 생각하기에 이 비판의 핵심은 이 래퍼들이 한결같이 자가당착이라는 모순을 회피하려 한다는 데에 있다. 쇼미에 나오기 전에 그들은 자신이 쇼미에 나가게 될 수도 있다는 사실을

회피했고, 나오고 난 이후에 그들은 이 모순에 책임지고
결과를 받아들이는 대신 사람이 생각이 바뀔 수도 있다고
변명한다. 김심야는 그런 행동이 웃기다고 생각하는 것이다.
"그러면 적어도 그때 욕을 먹으면 '아, 맞아, 내가 그랬었지,
정말 죄송합니다' 그래야지, (……) '나 옛날엔 그랬지만
지금 생각은 달라, 나는 변했어, 나는 새로운(?) 나야.' 뭐
어떡하라고 그러면."[5]

   그러니, 맞다. 문제는 누가 태도를 바꾸고, 이전과 다른
이야기를 하고, 혹은 자신이 하는 말과 들어맞지 않는 행동을
한다는 사실 자체가 아니다. 그런 일은 결국 누구에게나
일어나기 마련이다. 하지만 무엇이 싫다고 하기 전에 내가
언젠가 그것을 좋아하게 될 수도 있다는 점을 생각한다면 그
비판은 어딘가 다르지 않았을까? 왜냐하면 그것은 어쨌든
사태에 대해 조금 더 다각도로 생각하는 한 방법일 것이기
때문이다. 내게는 언제나 그 조금의 차이가 매우 중요하게
느껴진다.

---

5 「심야형의 한국힙합시장론」, https://www.youtube.com/watch?v=yOcDjj0H9bE.

밸런스 게임

아무튼 모르겠다. 내가 생각하기에 적어도 지금까지
『에세이의 준비』에서 내가 다뤘던 전부는 무언가를 해도
된다는 것뿐이다. 왜냐하면 사람들은 온갖 이유로 온갖
것들을 하지 말라고 하기 때문이다.

결국에는 비판도 마찬가지다. 다만 나는 뭔가를
싫어한다고 말할 때 가능하다면 스스로 웃음거리가 되는
것을 좋아하는 편이다. 왜냐하면 무언가를 싫어한다는 것이
사실은 언제나 어느 정도는 우스꽝스러운 일이기 때문이다.
근래에 보았던 가장 웃긴 조롱은 에릭 사티의 것이었다.
에릭 사티에 따르면 사실 비평가들은 마음껏 비판을 해도
된다. 왜냐하면 그들은 모든 걸 알고 있고, 언제나 옳으며,
지엄하고, 짱이시기 때문이다. "비평가 선생들께서 이 모든
것을 잘 알고 있다는 사실을 명심하시오…… 왜냐하면,
비평가들은…… 모든 것들을 당연히…… 다 알고 있고,
그에 대한 모든 자격을 갖추고 있기 때문이지."[6] 그러니 어떤
욕망이 멋진 것이고 훌륭한 것이며, 어떤 욕망이 좀스럽고
그릇된 것인지 판단할 자격 또한 당연히 그들에게 있을

6 에릭 사티, 박윤신 옮김, 『사티 에릭 사티』(미행, 2022), 137쪽.

것이다.

그런데, 자신의 그릇된 욕망에 복종해서는 안 된다. 그것이
우리에게 명령을 내린다 해도 말이다. 그릇된 욕망, 그것이 옴과
같이 나쁘다는 것은 무엇을 보고 알아차릴 수 있는 것이지?
그래, 뭘 보고 알지?
무언가에 빠져들고 전념하는 환희에서, 그것을 알아차릴 수
있다. 그리고 그 열정이 비평가들 비위에 거슬리는 것을 보고 알 수
있다.[7]

이제 우리에게는 두 가지의 선택지가 있는 것 같다.
하나는 비평가가 하지 말라는 것은 절대 하지 않는 것이다.
그것은 세상을 더 좋고 올바른 곳으로 만든다. 억압받는
이들을 구원한다. 세계를 더 살기 좋고 멋진 곳으로 만든다.
지구의 온도가 내려가고 사람들은 화목해지며 사자는
양과 어울린다. 다른 하나는 그냥 쓰고 싶은 글을 쓰는
것이다.(원한다면 인스타그램 인생샷을 찍어도 된다.) 그러면
비평가들은 세계를 또 한 번 오염시켰다고 일갈할 테지만,
어쨌든 우리는 한 편의 글을 더 쓰게 된다. 음, 이렇게

7 에릭 사티, 같은 책, 106쪽.

어려운 선택이 존재할 수 있다는 것이 도무지 믿기지 않기는
한다……

9화

이런 일은
우리들이 사랑하는 사람에게
매우 종종 일어난다

좋아하는 것

하지만 쓰고 싶은 글을 쓴다는 것은 무엇인가? 그것은 종종 독자 없이 쓴다는 것을 의미한다. 아니면 적어도 매우 소수의 독자와 함께⋯⋯ 왜냐하면 내가 좋아하는 것을 다른 사람들도 좋아할 것이라는 어떤 보장도 없기 때문이다. 내가 좋아하지 않더라도 사람들이 좋아하는 무엇인가를 쓰겠다는 발상도 가능하겠지만, 내가 생각하기에 억지로 하는 것은 오래 가기 힘들다. 이런 관점에서 보자면 사람들이 내 글을 좋아하도록 하는 가장 빠른 방법은 스스로 사람들이 좋아하는 것을 좋아하는 것이다. 문제는 우리가 무엇을 좋아할지는 선택할 수 없는 영역에 속하며, 거기에는 어떤 합리적인 이유가 존재할 수 없는 것처럼 보인다는 것이다.

이를 잘 보여 주는 일화가 있다. 존 케이지는 처음에 건축에 흥미를 느꼈고, 유명한 현대 건축가의 밑에 들어가 일을 했다. 그런데 그는 그 현대 건축가가 '건축가가 되려면 건축에 일생을 바쳐야 한다'고 말하는 것을 우연히 듣고 곧바로 그의 곁을 떠나 버린다. 존 케이지의 말에 따르면, 그는 "건축 외에도 음악이나 그림 등에 흥미를 갖고 있었기 때문이다." 하지만 그가 자신의 음악적 스승인 쇤베르크를 만났을 때는 상황이 무척 달랐다.

> 5년이 지나 쇤베르크가 음악에 일생을 바칠 각오가 되어 있느냐고 물었을 때 나는 '물론입니다'라고 답했다. 2년간 함께 공부하고 난 후 쇤베르크가 말했다. '작곡을 하려면 화성학에 재능이 있어야 하네.' 나는 화성학에는 전혀 소질이 없다고 고백했다. 그러자 그는 내가 늘 장애물을 만나게 될 테고, 마치 넘을 수 없는 벽에 부딪히는 것과 같은 기분을 느끼게 될 거라고 말했다. 나는 이렇게 대답했다. '그렇다면 그 벽에 머리를 박는 데 일생을 바치겠습니다.'

| 존 케이지, 나현영 옮김, 『사일런스』(오픈하우스, 2014), 317쪽.

존 케이지가 틀림없이 가지고 있었을 건축이나 그림에 대한 흥미는 어떻게 된 것일까? 게다가 먼저 등장한 현대 건축가는 존 케이지에게 건축에 일생을 바치라고 말한 것도 아니고(그는 그것을 우연히 들었다.), 건축에 재능이 없다고 말하지도 않았는데…… 물론 그런 건 상관없었을 것이다. 왜냐면 그는 건축이나 그림이 아니라 음악을 좋아한 것이니까. 거기에다 대고 음악이 건축 혹은 그림과 무엇이 다르냐고 묻는다 해도 아무 의미가 없다. 그는 음악을 좋아했고, 건축이나 그림은 그만큼 좋아하지 않았다. 그것 외에 다른 차이는 중요하지 않은 것이다.

이 시대의 독서

이렇듯 좋아한다는 것은 다소 맹목적이어서 때로는 스스로도 이해하기가 어렵다. 아주 옛날에는 책을 한 번 빠르게 읽고 두 번째로 읽으면서 메모를 했는데, 메모를 하면서 독서가 중단되는 게 싫었기 때문이었다. 자연스럽게 한 책을 두 번씩 읽을 수 있는 것도 좋았다. 하지만 모든 책을 그렇게 읽다 보니 좀처럼 다양한 책을 읽을 수가 없었다. 그러다 보니 어느 순간부터 한 번 읽고 넘어가는 책들이 많아졌다. 다시 읽고 메모해야겠다고 생각했지만 절대 다시 읽지 않았다. 그렇게 한참 지내다 보니 내가 읽은 게 도대체 뭐였는지도 알 수 없었다. 남는 게 하나도 없었다. 그래서 결국은 노트북을 펼쳐 두고 읽으며 그때그때 마음에 드는 문장을 옮겨 적었다. 사실 절대 두 번 읽을 수 없는 책도 있었으니(절대가 무슨 말이겠냐만) 이게 타당한 방법이었던 것 같다. 1000페이지짜리 플로베르 전기를 어떻게 다시 읽을 수 있을까? 내가 플로베르 연구자이거나, 억대 부자라서 시간의 구속으로부터 완전히 자유로운 생명체가 아니라면……

그러다 군대를 가면서 노트북을 쓸 수 없는 환경에 처했고, 처음에는 하던 것처럼 책을 읽으며 일일이 수기로 문장을 옮겨 적었지만 그렇게 하니 손목도 아프고 메모 시간이 더 길어져 독서 진도가 나가지 않았다. 그래서 페이지를 적고 두어 단어만 써 놓고, 나중에 메모된 페이지와 문장을 찾아 컴퓨터로 정리하는 식으로 방식을 바꾸었다. 그게 습관이 되어 제대한 후에도 한동안은 그냥 페이지와 두어 단어만 핸드폰에 메모해 놓고 말았다. 단어도 생략하고 페이지만 메모할 때도 있었다. 그건 나에 대한 일종의 시험이기도 했다. 그 문장이 정말 좋았다면 그 페이지만 봐도 알 수 있을 거 아니야? 그래서 그냥 책 제목을 써 두고 그 밑에 인상 깊은 문장이 있던 페이지만 적어 놓았던 것이다.

그런 식으로 이승훈 시집을 열심히 읽던 주간이었다. 핸드폰에 페이지만 적어 놓은 시집이 서너 권 정도가 쌓여 컴퓨터로 정리해야겠다고 생각했다. 『나는 사랑한다』라는 시집부터 시작했다. 시의 경우에는 문장이 아니라 시편 단위로 선택했는데, 내가 메모해 놓은 페이지에 있는 시들은 다시 보아도 역시 좋았다. 왜 메모했는지도 떠올랐다. 메모한 페이지에 있던 시 전문을 컴퓨터에 옮겨 적고 나서 별 생각 없이 시집을 한 장 넘겨 다음 페이지에 있던 시를 읽었는데, 시가 무척 좋아서 '이 시도 당연히 메모해 놨겠지?' 생각하며 핸드폰을 확인해 보았다. 어김없이 메모가 되어 있었다. 역시 참 좋네, 이승훈…… 그런 생각을 하며 메모 정리를 마쳤다. 그런데 다음 시집을 메모하려고 보니 뭔가가 이상했다. 알고 보니 내가 이제까지 확인한 메모는 이승훈의 다른 시집 『길은 없어도 행복하다』를 읽고 적어 둔 페이지들이었던 것이다. 이게 무슨 일이지? 나는 혼란 속에서 『나는 사랑한다』 메모를 다시 찾아보았다. 거기에는 딱 한 페이지, 94쪽밖에 메모가 되어 있지 않았다…… 94쪽에 수록된 그 시의 제목은 의미심장하게도 「시대에 대한 명상」이었다.

나는 생각할 수가 없어!

하지만 아무리 맹목적이고 정할 수 없는 것처럼 보인다
하더라도, 여기에는 어떤 선택이 개입하고 있다. 물론 그것이
우리가 지금 시점에서 무엇인가를 할 수 있을 것이라는
이야기는 아니다. 내가 말하고 싶은 것은 선택이라는
것에는 기묘한 측면이 있어서 진정한 선택일수록 일종의
자기폐쇄적이고 순환론적인 성격을 띤다는 것이다. 가령
신을 믿고 그의 가르침에 따라 일생을 살아가겠다는
선택에 대해 생각해 보자. 이런 선택의 궁극적 근거는 신이
존재한다는 사실 자체밖에 없다. 내가 이미 신을 믿고 있지
않는 이상 그런 종류의 사실은 전적으로 무의미한데도
말이다. 그러나 이 무의미함의 순환 속에 자신을 포함시키는
순간 그의 삶은 이전으로 돌아갈 수 없다. '진정한 나 자신'이
되고자 하는 일도 마찬가지다. 여기서 변화의 동력을
제공하는 건 지금의 나와 다른 어떤 모습이 실은 내가
되어야만 하는 그러한 모습이라는 생각 자체이다. 내가
가야 할 방향이 정해져 있다는 사실을 먼저 받아들이고
나면, 이제 그 방향으로 발을 내디딜 수 있게 되는 것이다.
그리고 목표로 한 지점에 도착했을 때 나는 그 모습을
과거의 나로부터 멀어졌다거나 그때의 자신과 단절되었다고

느끼는 것이 아니라, 오히려 이 모든 변화를 어떤 진정한 연결 속에서 바라보게 되는 것이다. 즉 무엇인가가 이미 '정해져 있다'라는 사실은 내 선택의 자유를 없애는 것이 아니라 오히려 그 선택의 진정한 실현을 가능하게 하는 전제 조건이다. 우리가 무엇인가를 선택하려 할 때 사주나 별자리, 타로, MBTI와 혈액형 등등에 관심을 갖는 것도 이 때문이다. 그것들은 이미 정해진 길을 걷기 위한 올바른 선택들에 대한 힌트를 준다. 나는 이미 선택을 한 것이고, 내가 알아야 할 것은 내가 무엇을 선택했었는지인 것이다.

그래서 내가 뭘 선택했냐면…… 사실 처음에는 느낌이 좋았다. 내 자신이 괜찮게 가고 있는 것 같았다. 왜냐면 그때는 다른 사람들이 좋아하는 작품들을 나도 거의 다 좋아했기 때문이다. 문학에 처음 입문할 때쯤에는 접하는 거의 모든 작품이 최고로 좋았다. 매번 세계신기록을 경신했다. 매번 다른 작품들이…… 나는 이 좋음이 끝나지 않을 거라고 생각했었는데, 그렇지는 않았다. 다만 원래 좋아하던 것들을 더 이상 좋아하지 않게 된다는 건 대충 이런 것 같다. 예를 들어 나는 밀란 쿤데라를 좋아했었는데 그렇다고 밀란 쿤데라를 다시 읽으면 전혀 좋을 것 같지 않다는 건 아니다. 다만 가령 '젊은 밀란 쿤데라'라고 불리는 누군가가 나타나면 그 작가는 별로 좋아하지 않을 것 같다.

하지만 젊은 부코스키라면 언제든 환영이다. 이게 계속
좋아하는 작가와 그렇지 않은 작가의 차이 같다. 나는
많은 시와 소설들을 좋아했었고, 그것들은 내게 큰 영향을
미쳤으며 그때만큼은 아닐지라도 다시 보아도 여전히
좋긴 하지만, 어떤 이유에선가 그런 작품 대부분을 나는
좋아했었다고 말할 수밖에 없다. 말하자면 어느 시점 이후로
나는 내가 좋아하는 문학작품들이 어딘가로부터 동떨어져
있다고 느끼며, 그것은 내가 쓰는 글들도 마찬가지로
어딘가로부터 동떨어져 있는 이유이기도 한 것이다…… 나는
이와 관련해 할 수 있는 게 아무것도 없다고 느낀다. 왜냐하면
그것은 내가 이미 선택한 것이었기 때문이다. 고다르와의
대담에서 뒤라스는 조금 갑작스럽게 자기 아이의 이야기를
들려주는데, 이 언제나–이미 이루어진 선택에 대해, 그리고
내가 독자에 대해 생각하고 싶지 않은 — 보다 정확히는
생각할 수 없는 — 이유에 대해 이 일화를 제시하는 것보다 더
잘 설명할 수 있는 방법은 없을 것 같다.

　　아이가 세 살 때였어. 어느 날 내게 와서 말하더군. "엄마,
내 가위, 내 가위! 가위 어딨어? 어딨지?" 녀석이 울었고, 아주
속상해해서 내가 말해 줬지. "가위를 찾아보려무나!" 녀석은
계속했다네. "엄마, 내 가위 어딨지?" 그래서 말했지. "글쎄,

찾아보렴. 잘 생각해 봐! 어디다 두었니?" 녀석이 말하길, "나는 생각할 수가 없어!" 내가 물었지. "왜 생각할 수가 없는데?" 이러더군. "생각을 해 보면, 창문으로 가위를 던져 버렸을 것 같아서 말이야."[2]

그것들은 선생님의 정원을 환하게 해 줄 겁니다

사실 처음 비평을 쓰기 시작했을 때는 조금 더 낙관적으로 생각했던 것 같다. 이 작가나 작품의 훌륭한 점이나 재미있는 점을 말해 주면 좋아하는 사람들이 생기지 않을까, 하는…… 물론 그런 종류의 일이 전혀 발생하지 않는다는 뜻은 아니지만, 이제 나는 그런 식으로 생각하지는 않는다. 사람들은 어떤 작품이 어떤 면에서 좋은지 몰라서 혹은 자신이 무엇을 좋아하게 될 수 있을지 몰라서 어떤 작품이나 작가를 읽지 않는 것이 아니다. 반대로 사람들은 자신이 무엇을 좋아하는지, 그리고 어떤 작품이 자신이 원하는 것을 주거나 주지 않을 것이라는 사실을 선험적으로 알고 있기 때문에 특정한 작품을 읽거나 읽지 않는 것이다. 그리고 더

2 마르그리트 뒤라스·장뤽 고다르, 신은실 옮김, 『뒤라스×고다르 대화』(문학과지성사, 2022), 50쪽.

중요하게는 누군가가 사람들의 생각을 바꿔야만 할 이유도 없다. 아마 모든 이론적 기교를 총동원하더라도 그런 이유를 찾기는 어려울 것이다. 왜냐하면 여기서 다뤄지고 있는 것은 앎과 무지의 대립, 혹은 더 나은 앎과 그보다 못한 앎의 차이가 아니라, 그저 서로 다른 앎의 체계가 존재한다는 사실 자체이기 때문이다. 이 주제에 대해 오래 생각했던 비트겐슈타인은 다음과 같은 결론을 내린다. "어떤 사람에게 그가 이해하지 못하는 어떤 것을 이야기하는 것은, 비록 우리들이 그는 그것을 이해할 수 없다고 부언하더라도, 아무런 뜻이 없다. (이런 일은 우리들이 사랑하는 사람에게 매우 종종 일어난다.)"[3]

말하자면 (물론 강압적이지 않은 방식으로) 누군가에게 그가 원하지 않는 무엇을 제공하는 일에는 "아무런 뜻이 없"다. 다만 우리는 어떤 일들을 아무런 뜻이 없이도 지속할 수 있을 뿐이다. 게다가 또 다시 비트겐슈타인에 따르면 "예술에서는, 아무것도 말하지 않는 것과 다름없는 어떤 것을 말하는 게 어렵다."[4] 이것은 적어도 내가 나의 상황 속에서 글쓰기에서 찾을 수 있는 최대한의 의미다. 왜 이런 의미가 필요할까?

3   루트비히 비트겐슈타인, 이영철 옮김, 『문화와 가치』(책세상, 2020), 40쪽.
4   루트비히 비트겐슈타인, 같은 책, 68쪽.

왜냐하면 독자가 없다는 것은 때로 단순히 운이 없고 안타까운 일을 넘어 보편성에 대한 의무를 저버리는 일로, 타자와의 소통을 거부하는 일로, 자신만의 자폐적 세계에 갇혀 버리는 일로, 즉 모종의 타락 혹은 비윤리적인 일로 여겨지기 때문이다. 내가 생각하기에 우리는 점점 더 이해할 수 없는 것에 조금의 의미도 나눠 주지 않으려는 세계에 살고 있다. 그래서 내가 무엇인가를 이해하지 못한다면, 내가 이해하지 못하는 무엇을 누군가가 내게 말하는 일에 뜻이 없다고 생각하는 것이 아니라, 내가 이해하지 못하는 바로 그것이 실제로 어떤 의미도 갖지 못한다고 생각하려고 한다. 하지만 누군가에게 전혀 필요하지 않은 사물도 무엇인가를 한다. 이와 관련해 리처드 브라우티건의 소설 중 내가 아주 좋아하는 장면이 있다.

1920년대(또는 1890년대)의 어느 날, 그녀는 캘리포니아 주를 달리는 차에 타고 있었다. 그녀의 남편은 주유소 앞에 차를 세우더니 주유소 조수에게 가솔린을 채워달라고 했다.

"들꽃 씨앗을 원하십니까?" 조수가 말했다.

"아니." 남편이 말했다. "가솔린만 넣어주시오."

"알고 있습니다, 선생님." 조수가 말했다. "그러나 우리는 오늘 가솔린과 함께 들꽃 씨앗도 나눠주고 있거든요."

"좋소." 남편이 마지못해 대꾸했다. "그렇다면 우리에게도 들꽃 씨앗을 조금 주시오. 하지만 확실히 해야 할 것은 차에 가솔린을 채워넣는 일이오. 내가 진짜 원하는 것은 바로 가솔린이니까."

"그것들은 선생님의 정원을 환하게 해줄 겁니다."

"가솔린 말이오?"

"아니, 꽃 말입니다."[5]

브라우티건의 소설을 읽다 보면 참 묘한 지점에서 웃기게 만드는 것이 신기한데, 이 부분은 대화도 재밌지만 도대체 1920년대랑 1890년대를 헷갈릴 수 있다는 생각은 어떻게 했나 싶다. 헷갈리기에 30년은 좀 너무 긴 시간 아닌가? 그런데 다시 생각해보면 1920년대에도, 1950년대에도, 1980년대, 2010년대, 2040년대, 그렇게 계속…… 이 주유소에서 일어나는 것과 같은 일들은 변하지 않을 것 같기도 하다. 그것이 좋은 일인지 나쁜 일인지는 모르겠다. 달리 방법이 없기에 나는 이런 의미도 의미라고 생각하려고 한다. 그리고 어쨌든, 누군가의 정원이 환해질 것이라는 생각이 나쁜 것은 아닐 테니까……

5 리처드 브라우티건, 김성곤 옮김, 『미국의 송어낚시』(비채, 2013), 170쪽.

10화

끝이 없음에 대한
지루함은 잊어버려야 한다

늘 같은 옷을 입고 다닌 뒤로 삶이 달라졌다

1950년대에 백남준은 도쿄대학에서 미학을 공부하고
있었는데, 옷을 잘 차려입을 여유까지는 없었던 그는 형에게
이런 이야기를 들었다고 한다. "피카소나 헤겔의 미학을
고민하기에 앞서 네 옷차림의 미학부터 신경 써라!!!"[1]

나는 옷을 거의 사지 않는다. 사실 나는 옷을 산다는
관념 자체가 익숙하지 않다. 어렸을 때 친구들이 '놀러
다닌다'라고 하는데, 나는 그 놀러 다닌다는 게 무엇인지
궁금해서(왜 궁금했냐 하면……) 도대체 뭘 하고 다니는

[1] 백남준, 에디트 데커 외 엮음, 임왕준 외 옮김, 『백남준: 말에서
크리스토까지』(경기문화재단 백남준아트센터, 2018), 143쪽.

건지 물어본 적이 있었다. 그러자 친구들이 하는 말이 그냥 시내 가서 옷 사고 그러면서 논다는 것이었다. 나는 가볍게 웃으면서 대수롭지 않다는 듯이 고개를 끄덕였다. 하지만 실은 여전히 궁금증이 풀리지 않았었다. 나에게 옷은 많이 쳐 줘도 1년에 두어 번 정도 사는 것이었기 때문이다. 그러면 나머지 363일은 뭐 하고 노는 거지……? 옷을 돌아가면서 사는 건가……? 어쨌든 교복이 있어 다행이었고 주말에는 거의 똑같은 옷을 입었다. 그런데 그게 별로 신경쓰였던 적은 없었다. 뭐라고 할까, 나는 '곧이곧대로 듣는' 아이였기 때문에 사람을 외모나 옷차림으로 판단하면 안 된다는 학교와 집안의 표준적 가르침을 철썩같이 믿었기 때문이다. 그래서 나는 옷이라는 게 전혀 중요하지 않다고 생각했다. 내가 옷을 자주 사 입지 않는 것은 그냥 옷을 사 입을 이유가 딱히 없어서라고…… 나중에 그냥 집안에 돈이 부족해서 그런 것이었다는 사실을 알았을 때는 이미 그런 생활에 습관이 되어서 별 생각이 들지 않았다. 그래서 이것저것 하며 나름대로 돈을 벌고 있는 지금까지도 옷을 사는 것이 익숙하지 않고 과장하자면 거의 불가능한 일처럼 느껴진다. 어릴 때 다리에 사슬을 묶어 놓았더니 그 줄을 끊을 수 있게 된 성체가 되어서도 사슬의 범위를 벗어나지 못했던 코끼리처럼……

아무튼 옷을 (거의) 한 벌만 입고 다닌다는 것에 별
불만은 없다. 나는 그것으로 시를 쓰기도 했다. 「토마토
화분 옮기기」라는 시인데, 이 시의 화자는 몇 개의 토마토
화분을 옥상에서 1층까지 옮겼다가 다시 1층에서 옥상으로
옮기는 아르바이트를 한다. 그러다가 화자는 그럴 거면 굳이
화분들을 옮길 필요가 없을 것이라는 생각을 하고 화분을
전혀 옮기지 않는다. 가끔씩만 옥상에 들르는 주인은 화자가
화분들을 잘 옮기고 있는 줄로 알고 옷 한 벌을 선물로
주는데, 화자는 그 셔츠가 마음에 들어서 그 이후로 매일 그
옷만 입고 다닌다는 이야기다.

곰곰이 생각을 해 봐도 일리가 전혀 없지는 않은 것
같다. 어느 날 어떤 옷을 입었다고 해서 다음 날 그것과는
다른 옷을 입어야 한다는 생각에는 아무런 근거가 없다!
사실상 억지라고 해도 좋을 정도다. 물론 기분 전환을 하기
위해 다른 옷을 입는 것에는 아무 문제가 없지만, 그리고
옷을 세탁해야 하니 계속 같은 옷을 입을 수는 없지만……
원론적으로는 그렇다는 이야기다. 글쓰기에 있어서도
마찬가지다. 어떤 작가가 작품집을 내고 나면 뭔가 다음
작품집에서는 다른 것을 보여 주기를 바라는 심리가
있다. 자신이 '이미 본 것'에는 더 흥미를 느끼지 못한다고
생각하는 것이다. 이런 심리를 전혀 이해하지 못하는

것은 아니지만 반대의 경우 또한 고려해야 한다. 우리가
무엇인가를 볼 때 그것이 달라지기를 바라면서 보는 것만은
아니기 때문이다. 오히려 실제로는 보았던 것을 또 보고
싶어서 보는 경우가 더 많지 않을까? 예컨대 부코스키의
새로운 책을 읽을 때 나는 그 사람이 뭔가 다른 걸 보여
주리라 생각하기보다는 저번 책에서 보여 줬던 걸 또 보여
주기를 바란다. 종종 도가의 일화를 인용하기 좋아하는
존 케이지는 이렇게 쓴다. "선에서는 이렇게 말한다. 만약
무언가를 하다가 2분 후 지루해지면 4분을 더 시험해 보아라.
그래도 지루하다면 8분, 16분, 32분 등등으로 시간을 늘려라.
마침내 그것이 절대 지루하지 않으며 아주 재미있다는
사실을 알게 될 것이다."[2] 이는 꼭 감상의 영역에서만
적용되는 것은 아니다. 글쓰기가 자신의 고유성을 주장하는
방식, 즉 우리가 스타일이라고 부르는 것 자체가 반복과
관계한다. 마르그리트 뒤라스 역시 한 벌의 옷만 입고
다녔다.

　　　굳이 찾지 않아도 얻게 된다. 그리고 일단 얻어지면 변하지
　　　않는다. 결국 당신을 규정한다. 그러면 끝이다. 편리하다.

2　존 케이지, 나현영 옮김, 『사일런스』(오픈하우스, 2014), 113쪽.

나는 체구가 아주 작다. 그래서 대부분의 여자들이 입는 옷을 입지 못한다. 평생 동안 그 난관, 그 문제와 싸웠다. 너무 작은 여자라는 사실에 사람들이 관심을 갖지 않도록 옷이 절대 눈에 띄지 않게 할 것. 늘 똑같이 입어서 사람들이 나의 키에 대해 더 이상 묻지 않도록 할 것. 똑같이 입는 이유가 아니라 그냥 똑같이 입는다는 사실이 눈에 띄도록 할 것. 이제 나는 가방도 들지 않는다. 늘 같은 옷을 입고 다닌 뒤로 삶이 달라졌다.[3]

종종 변화에 대한 압박감은 새로운 글을 쓰는 것을 어렵게 만든다. 하지만 뒤라스에게 스타일의 반복은 스타일 그 자체를 달라지게 하지는 않지만, 그것 외의 모든 것을 달라지게 할 수 있는 것이었다.("늘 같은 옷을 입고 다닌 뒤로 삶이 달라졌다.") 그리고 이 일화에서 보다 더 중요한 것은 반복이 단순히 변화 가능성의 소진인 것이 아니라, 어떤 결여, 혹은 태생적인 빈곤과 맺는 하나의 능동적 관계 같은 것이라는 점이다.

3 마르그리트 뒤라스, 윤진 옮김, 『물질적 삶』(민음사, 2019), 84쪽.

거처 없음의 형식

그러니까 문제는 빈곤이다. 스타일의 빈곤, 그리고
어쩌면 그것이 가져올 실재적인 빈곤까지…… 이상우의
『핌·오렌지빛이랄지』에는 살아 있는 동안 자비 출판한
희곡집 단 한 권만을 남긴 두 희곡 작가의 이야기가 나온다.

월세를 밀려 이불도 못 챙기고 집에서 쫓겨난 그들은
길가를 전전하다 얼어 죽기 전에 차를 훔쳐 그곳에서 살기
시작했다. 도요타는 그들의 세 번째 집이었다. 번호판을 바꿔
치고 차이나타운의 탁구장 건물 주차장에 숨어 살면서, 한국
식당에서 남은 음식들을 받아먹었다. 길고양이들의 아기들을
납치해 학생들에게 팔았고, 몇 없는 친구들을 우연히 만난
척 기다리다 커피를 얻어 마시며 그들이 쓸 희곡에 대해
이야기했다. 그렇게 작업에 대해 이야기하다 보면 아직 쓰지
않은, 그러나 마음속에선 이미 완성을 초과해 버리고만 작품에
흥미가 떨어져 다음 연극을 준비했다.[4]

이상우의 소설에 등장하는 많은 인물들처럼, 이 희곡

4   이상우, 『핌·오렌지빛이랄지』(민음사, 2023), 40~41쪽.

작가들 역시 거리를 전전하며 말 그대로 되는 대로 살아간다. 개인적으로 나는 이 부분을 읽으면서 소름이 돋았는데 왜냐하면 이것이 내가 글을 진지하게 쓰려고 결심했을 때 상상했던 나의 미래와 흡사했기 때문이다. 나는 그런 미래가 어떤 의미에서 그렇게까지 나쁘지는 않을 거라고 생각했었고, 그건 머릿속에 떠올리는 것만으로 차후의 인생에 피해를 입힐 만한 종류의 끔찍한 생각이었지만 이제 와서는 그것을 돌이킬 방법도 없고, 무엇보다 지금은 그 이야기를 하려는 것은 아니다. 사실 글을 쓴다고 해서 꼭 가난하라는 법은 없다. 일을 하면 되기 때문이다. 글을 쓰더라도 얼마든지 일을 할 수 있으며 또 이는 꼭 돈의 문제만은 아니다. 『미국 영화비평의 혁명가들』에서 데이비드 보드웰은 짧은 이야기를 통해 이를 요령 있게 정리한다. "변함없이 사람들은 버틸 수 있을 때까지 노동한다. 이건 생계와 빈곤만큼이나 전통과 자부심에서 유래한다. 죽음의 순간에도 마찬가지다. 프랭크 팅글에게는 7명의 삼촌이 있었는데, 모두 신발을 신은 채 죽었다. 한 명만 예외였는데, 그는 신발 한 짝을 신고 다른 쪽 신발을 신으려 애쓰다 죽었다."[5]

5 　데이비드 보드웰, 옥미나 옮김, 허문영 감수, 『미국 영화비평의 혁명가들』(산지니, 2019), 123쪽.

그런데 문제가 더 심각해지는 건 바로 그 때문이다.
20대 때 가난한 것은 안타깝게 여겨지지만, 30살이 넘고
나서도 가난한 것은 뭐랄까⋯⋯ 사람들을 공격하는 것에
가까워진다. 왜냐하면 가난하다는 것은 단지 돈이 없다는
것이 아니라 내적 심성(책임감, 등등)의 문제와 연결되며,
더 근본적으로는 전혀 다른 삶의 양식과 대면하는 문제가
되기 때문이다. 악의가 없어도 문제가 곤란해진다. 이런
맥락에서 하나의 표지가 되는 것은 주5일제 근무를 하고
있는지 그렇지 않은지이다. 한번은 탁구장에서 직장에
다니는 어린 친구와 잠깐 얘기하다 실수로 "저는 주5일
근무는 못하겠더라고요."라고 말한 적이 있다. 말한 순간
아차 싶어 어린 친구의 얼굴을 보았는데 어찌해야 할 줄
모르겠다는 듯 당혹스러운 표정을 짓고 있었다. 심성이
착한 친구라 더 그랬던 것 같다. 그러니까 대화하던 사람이
말하다 말고 갑자기 길바닥에서 강아지 똥 같은 걸 주워
먹는데 그걸 하나도 이상하지 않은 것처럼 봐야 하는 사람의
표정 같은 것⋯⋯ 나는 보통은 어디 가서 내가 글을 쓴다는
등의 말을 하지는 않는데, 뭔가 수습해야 한다는 생각에
황급히 나는 사실 작가이고, 그래서 주5일제 회사를 다녀
본 적도 있지만 주말에 작업도 해야 하니 너무 힘들더라,
그래서 5일 꽉 채우는 것 말고 다른 일을 주로 찾곤 한다고

변명을 늘어놓았다. 하지만 전반적으로 강아지 똥이 의외로 건강에도 좋고 예전에 조상님들도 가난할 때 많이 먹고는 했으며 아주 고약한 치즈와 비교하면 풍미도 나쁘지 않다고 말하는 것과 무슨 차이가 있었을지 모르겠다……

말이 나온 김에 말이지만 내가 생각하기에 주5일제라는 것은 그냥 할 수 있는 사람이 있고 할 수 없는 사람이 있다. 주5일 근무를 할 수 있는 사람은 그렇게 할 수 없는 사람을 이해하지 못하는데, 그 이유는 '주5일을 할 수 있는 능력'에 '주5일을 할 수 없는 사람을 이해하지 못하는 능력'이 포함되어 있기 때문이다. 예전에 한 친구가 자신은 전혀 담배를 피우고 싶지 않지만, 사람들이 담배를 끊지 못하는 이유가 너무 궁금하다며 자신이 담배를 피워 보고 그 이유를 알아내겠다고 한 적이 있었다. 이유만 알고 나면 곧바로 담배를 끊는다는 것이었다. 당연히 그 이유를 알고 난 이후에는 친구도 담배를 끊지 못했다.

하지만 궁극적으로는 발판 자체가 사라지고 있다는 것이 더 정확한 표현일 것이다. 앞서 살펴본 것처럼 일을 한다는 것은 단지 돈 문제만이 아니라 근면성실이나 자부심, 떳떳함 같은 내적 가치와 연결되지만, 동시에 후기 자본주의 체제에서 떳떳하게 돈을 번다는 관념보다 더 기만적인 이데올로기는 없기 때문이다. 무리해서 일반화하고 싶은 마음은 없지만, 적어도 내 경험상 일을 한다는 건 착취와 절도를 교환하는 것이다. 노동자는 기업에 착취당하는 대가로 무엇인가를 훔친다.(그것이 회사 비품이 되었든, 전기가 되었든, 혹은 시간이 되었든) 여기에는 악순환이 있다. 노동자가 훔치는 이유는 기업이 노동자로 하여금 훔치지 않을 수 없을 정도로 그를 착취하기 때문이지만, 바로 그 때문에 노동자는 기업의 착취에 더욱 취약해진다. 설상가상으로 노동 그 자체는 끊임없이 추상화된다.『대양의 느낌』에서 에리카 발솜은 해양 수송 노동의 핵심인 선적 컨테이너의 이미지에 대해 이야기하는데, 그 이미지의 특징은 우리가 그로부터 아무것도 알아볼 수 없다는 것이다. "「바다에서」와 「잊혀진 공간」은 다른 영화지만, 두 영화 모두에서 선적 컨테이너는 추상의 표상으로 등장한다. 선적 컨테이너는 그 안에 들어 있는 상품의 다양성을 은폐하는 물질적 실체이자, 동시에 규제가 철폐된 신자유주의의 만행과 인간 생명에 대한 무관심을 보여주는 환유적 개체다." 선적 컨테이너가 이루는 "회화적 추상의 상징인 격자무늬"[6]는 우리가 노동이라는 것을 떠올리려 할 때 보게 되는 이미지의 전부이다. 우리는 우리가 무엇을 하는지 모르며, 손에 잡히는 건 아무것도

6   에리카 발솜, 손효정 옮김, 『대양의 느낌』(현실문화, 2024), 104~105쪽.

없다.

그리하여 이 시대에 일자리를 갖는다는 건 대체로 얼어죽기 직전에 차를 훔쳐 쫓겨날 때까지 그 안에서 사는 것과 비슷할 것이다. 영화평론가 윤아랑은 데이비드 린치의 영화를 다룬 글에서 로베르토 로셀리니 이후 영화에 등장하는 자동차의 계보를 그린다. 그가 다루고자 하는 자동차는 "과속과 충돌의 운동을 야기해 화면을 감각적 포화상태로 이끄는 영화적 물체라기보다는, 영화로 하여금 좌표와 좌표 사이의 틈새, 우리가 길이라고 부르곤 하는 이 비장소를 횡단하고 떠돌고 심지어는 표류하는 와중에도 가까스로 스스로를 성립할 수 있도록 하는 작은 영화적 (비)장소"[7]이다. 이상우의 희곡 작가들이 머무는 도요타도 이 (비)장소의 목록 속에 들어갈 수 있을 것이다. 이들의 보금자리인 도요타는 움직이지 않으며, 원래라면 흘러가는 이미지를 보여 주어야 할 차창은 매일 같은 풍경만을 반복해서 재생한다. 그런데 이 정지와 반복은 역설적으로 근본적인 거처 없음, 결코 끊이지 않는 표류가 표현되는 바로 그 형식인 것이다.

7   윤아랑, 『뭔가 배 속에서 부글거리는 기분』(민음사, 2022), 84쪽.

꿈을 현실에서 반복하기

　　팝 아트는 화려하게 반복한다. 워홀은 일련의
동일하거나(「백색의 불타는 자동차 White burning Car Twice」),
혹은 단지 어떤 미세한 색조의 변화에 의해서만 차이가 나는
일련의 이미지들(「꽃 Flowers」,「매릴린 Marylin」)을 제시한다. 이런
반복적 행위의(혹은 기법으로써의 반복의) 목적은 예술의 파괴일
뿐만 아니라, 또한(게다가 이들은 함께 간다) 이런 반복적인
행위가 정말로 다른 시간성으로 통하는 출구를 열어놓는다는,
인간 주체에 대한 하나의 또다른 개념이다. 거기에서 서양의
주체들은 새로움, 즉, 결국은 모험이 배제된 세계의 덧없음을
느끼는 것이며, (워홀은 이 반복에 익숙하기 때문에) 워홀적
주체는 자신 속에서 당대의 비장미를 지워버리는 것이다.
왜냐하면 이 비장미는 다음과 같은 감정에 늘 연결되어 있기
때문이다. 그것은 무엇인가가 나타났다가는 곧 죽어버리기에,
그래서 그것을 첫 번째 것과는 닮지 않은 두 번째 무엇인가로
변화시킴으로써만이 우리가 그것의 죽음과 싸운다는
감정이다. 팝 아트에 있어서는 사물들이(점차적 소멸이 아니라,
윤곽이 뚜렷하게) 〈끝났다〉는 것이 중요한 것이지, 사물을
끝낸다거나(탄생, 삶, 죽음이라는) 운명의 내재적인 조직을
작품(그것은 작품인가?)에 부여한다는 것이 중요한 것이 아니다.

따라서, 〈끝이 없음〉에 대한 지루함은 잊어버려야만 한다.[8]

　반복을 거부한다는 것은 이 빈곤에 대한 거부이자, 사물 혹은 모종의 의미를 소유하고자 하는 욕망이다. 하지만 우리가 지금 우리에게 주어진 것을 온전히 수용할 수 없다면, 소유라는 것이 어떤 의미를 가질 수 있을까? 내가 생각하기에 누군가 반복을 회피하고자 할 때보다, 다시 말해 "무엇인가가 나타났다가는 곧 죽어버리기에, 그래서 그것을 첫 번째 것과는 닮지 않은 두 번째 무엇인가로 변화시킴으로써만이 우리가 그것의 죽음과 싸운다는 감정" 속에 있을 때보다 그 무엇과 결정적으로 괴리되어 있는 상태는 없다. 이런 관점 속에서 무엇인가를 그대로 내버려둔다는 생각은 불가능하다. 소중히 여긴다는 것이 변화시키고 조작한다는 행위 바깥에서는 의미를 갖지 못하기 때문이다. 그리하여 그는 결국 원래의 대상으로부터 끊임없이 멀어지며, 그것이 대상을 소유하는 일이라고 생각하게 된다.

　반복이란 그런 방식의 소유를 포기하기, 그것을 그냥 내버려두기, 그래서 사물을 그것의 죽음과 함께 —— 그것이

<hr>

8　롤랑 바르트, 김인식 옮김, 『이미지와 글쓰기』(세계사, 1993), 51~52쪽.

〈끝났다〉라는 사실과 함께 ── 받아들이기이다. 물론 영민한
독자라면(그냥 이 표현을 한 번쯤은 써 보고 싶었다……) 엄밀한
의미에서의 반복이란 존재하지 않는다는 합리적인 반론을
제기할 수 있다. 맞는 말이다. 매일 입는 옷도 시시각각 낡기
마련이고, 지구가 우주 속을 빠르게 움직이고 있는 탓에
우주적 좌표상으로 우리는 매일 아침 다른 곳에서 눈을
뜬다. 그런데 이러한 논점에 집중하더라도 반복의 회피가
결국 대상에 대한 거부로 이어진다는 점은 더 분명해진다.
가령 반복이 언제나 실패할 수밖에 없기 때문에, 그것이
언제나 변화를 수반할 수밖에 없기 때문에 소중한 무엇이
반복되지 않기를 바라는 경우를 생각해 보자. 겉보기에는
무엇인가를 변화시켜서 그것을 보존하려는 행위와 상반되는
것 같은 이 시도 역시, 그 소중한 무엇을 지나가 버린 '단 한
번'의 시간 속에 박제함으로써 그에 대한 접근을 차단한다는
점에서 여전히 같은 결말에 이르는 것이다. 그러니 원한다면
반복이란 반복의 실패를 받아들이는 일이라고 표현해도
좋다. 중요한 건 무엇인가가 반드시 내가 생각하는 바로 그
모습은 아닐 수 있다는 점을 받아들이는 데에 있기 때문이다.
반복 속에서 "비장미"를 지워 버린다는 것은 바로 세계와
사물을 억지로 특정한 상태로 유지하려는 이 불가능한
노력을 그만둔다는 뜻이다.

게다가 이 노력을 그만둔다는 것이 꼭 모험의 배제를 의미하는 것도 아니다. 박솔뫼의 단편 「펄럭이는 종이 스기마쓰 성서」는 화자가 꿈속에서 어떤 아름다운 전시를 본 뒤, 나중에 그 장소에 다시 가 본다는 이야기이다. 단순한 이야기지만 어쩌면 이 단순함이야말로 중요하다. 왜냐하면 화자의 말대로 "꿈속 전시 장소를 산책하는 게 대단한 기대나 결심을 필요로 하는 것도 아니"[9]기 때문이다. 그는 가벼운 마음으로 자신의 꿈을 현실에서 반복하며, 그 꿈을 현실로부터 격리함으로써 그것을 보호해야만 한다는 종류의 생각으로부터 오는 "비장미"를 지워 버린다. 그렇다고 그가 자신의 꿈을 대수롭지 않게 여기고 잊어버리는 것은 아니다. 비록 실제로 가 본 장소는 꿈과 전혀 관련이 없는 것처럼 보이지만, 그는 이 반복을 통해 꿈속 전시에서 보았던 '스기마쓰 성서'라는 존재하지 않는 사물에 대한 이야기를 직접 쓰기 시작한다 ─ 그리하여 정말로 현실은, 그러한 이야기가 존재하는 세계로 바뀐다. 앞서 인용한 바르트의 문장을 빌리자면, 박솔뫼의 화자는 "반복적인 행위가 정말로 다른 시간성으로 통하는 출구를 열어 놓는다는" 사실을 알고 있는 것이다. 이 다른 시간성으로의 진입은 우리가 반복

9   박솔뫼, 『우리의 사람들』(창비, 2021), 129쪽.

속에서 발견하는 모험이며, 때로 표류는 나아감보다 훨씬 멀리 닿는다. 그러니 반복과 관련된 지루함이란 정말이지 잊어버려도 좋은 것이다.

11화

우리가 예상하거나
원하는 것보다 훨씬 더 많은

8월에 만나요

『8월에 만나요』는 가브리엘 가르시아 마르케스의
유고작으로 그의 사후 10주기를 맞아 2024년 3월 전
세계에 동시 출간되었다. 이 작품의 출간에는 작은 이슈가
있는데, 사실 마르케스는 이 작품을 미완성이라고 여겨
출판을 원하지 않았던 것이다. 이 작품을 출간하기로
결정한 유족들은 독자들이 느낄 기쁨과 즐거움을 무엇보다
우선하여 아버지의 뜻을 어기기로 했다고 전했다.[1] 다만 이는
마르케스의 생각을 완전히 무시하겠다는 뜻이라기보다는,

---

1 가브리엘 가르시아 마르케스, 송병선 옮김, 『8월에 만나요』(민음사, 2024), 9쪽.

이 작품이 그럼에도 불구하고 분명히 훌륭한 작품이라는
신중한 판단이 전제되어 있었던 것 같다. 어쨌든 마르케스가
죽으며 저작권은 유족에게 있었을 테니 법적으로 문제가
있었을 것 같지는 않다.

그렇다면 다른 측면에서는 어떨까? 우선 작가의 모든
원고가 공개되어야 하는 건 아니고, 원론적으로 보자면
당사자의 뜻이 최우선으로 고려되어야 하는 것 같다. 게다가
작가라는 건 쓴 것만이 아니라 쓰지 않은 것으로도 자신의
세계를 구축해 나가기 마련인데, 미공개 원고를 공개하는 건
그런 구축의 의도성을 꽤 많이 훼손하는 것처럼 느껴지기도
한다. 다만 여기에는 여전히 생각해 볼 지점들이 있다.

그중 하나는 자신의 글이 영원히 미공개 상태로
남았으면 하는 마르케스의 뜻을 따르는 것이 현실적으로
가능한지이다. 장 뤽 고다르는 어디선가 아우슈비츠의
이미지는 반드시 존재할 거라고 단언했던 적이 있다.
아우슈비츠는 어떤 이미지도 밖으로 나갈 수 없게 강한
금지와 통제가 작동하던 곳이지만, 내가 생각하기에
고다르는 그러한 통제가 이미지의 본성을 완전히 억누를
정도로 강력할 수는 없다고 보았던 것 같다. 이미지는
언제나 다시금 재현되고자 하며, 다른 어딘가로 전해지고
보여지고 기록되고자 하기 때문이다. 이와 조금 다른

맥락일 수는 있겠지만 히토 슈타이얼도 비슷한 이야기를 했다. "모두가 15분 동안은 세계적으로 유명해질 것이라던 앤디 워홀의 예언은 오래 전에 현실이 되었다. 이제 많은 사람들은 그 반대를, 15분 만이라도 비가시화되기를 원한다. 단 15초라도 좋을 것이다."[2] 좋든 싫든 재현은 피할 수 없다. 그런 관점에서, 만약 마르케스의 유족들에게 그의 미완성 텍스트를 완전히 세상에서 없애 버린다는 선택지는 없었다고 본다면, 문제가 되는 건 이 텍스트를 공개해도 되느냐가 아니라 애초에 이 텍스트를 공개하지 않는 것이 가능하느냐일지도 모른다. 유족들이 마르케스의 텍스트를 공개한 것도 맞지만, 주체를 바꾸어 생각해 본다면 실은 공개되고 전파되고자 했던 것은 텍스트 자신이며, 유족에 의한 출간은 그러한 경로 중 하나에 불과할 수도 있다.

완전한 미공개가 가능하다고 하더라도 꼭 그렇게 해야 하는지의 문제도 있다. 그러니까, 단지 그 텍스트를 쓴 마르케스가 그렇게 말했다고 해서……? 조금 이상한 말일 수 있지만, 나는 나와 관련된 것이라면 내가 원하는 대로 할 수 있어야 한다는 생각이 위험한 것 같다. 그러한 생각은 자체로 권리라는 개념을 가리키고 있는데, 시몬 베유는

2 히토 슈타이얼, 김실비 옮김, 김지훈 감수, 『스크린의 추방자들』(워크룸프레스, 2018), 212쪽.

이 개념을 신뢰하지 않았다. "그리스인들에겐 권리의
개념이 없었습니다. 그들에겐 그런 것을 표현할 단어들이
없었습니다. 그리스인들은 정의라는 단어로 만족을 했지요."[3]
시몬 베유는 우리가 그리스인들로부터 배워야 한다고
생각했고 이 지점에서는 나도 그쪽으로 생각이 기운다.
내가 생각하기에도 현재 우리의 상황에서 중요한 건 오히려
내가 통제할 수 없는 영역이 늘어나는 것을 받아들이는 것,
혹은 통제할 수 있어야 한다고 생각하는 영역을 축소하는
것이기 때문이다. 어쨌든 이 사례에 한정해서라면, 나는
작가가 자신의 텍스트에 대해서 그 정도의 권리를 가져서는
안 된다고, 작가가 텍스트를 써서 발표한 이상 어떤 통제
불가능성을 받아들여야 하는 영역이 있다고 생각한다.
저작권이란 좋게 봐주더라도 편의상의 조치에 가깝지 그
자체로 신성한 것일 수 없다. 더군다나 사후까지 자신의
텍스트가 자신이 생각했던 방식으로만 유통될 수 있어야
한다는 발상은…… 아무래도 누군가의 작가적 세계라는
것이 그 정도로까지 중요한 것일 수 있을까 싶은 것이다.
물론 이것이 어느 정도는 이상적이고 또 위험성도 있는
생각이라는 것은 나도 안다. 그렇다면 우리는 더 통제해야

---

3   시몬 베유, 이종영 옮김, 『신의 사랑에 관한 무질서한 생각들』(새물결, 2021),
    75쪽.

할까?

또 다시 발작이로구나

시인 이상은 "사람이 비밀이 없다는 것은 재산 없는 것처럼 가난하고 허전한 일이다."[4]라고 썼다.(또 다시 빈곤에 대한 모티프다.) 이 말은 비밀이 권력이라는 것, 즉 통제에 관한 것이라는 사실을 알려 준다. 우리가 무엇인가 놓친 게 있다고 생각하는 이상, 어떤 대상에 대해 알지 못하는 것이 남아 있다고 생각하는 이상 우리는 그 대상을 함부로 대하지 못한다. 그래서 종종 사람들은 비밀을 가짐으로써 빈곤으로부터 벗어나고자 한다. 나는 다자이 오사무의 『인간실격』이 그런 사람의 이야기를 다룬 작품이라고 생각하는데, 사실 그래서 언제나 이 작품이 조금 꺼려졌던 것 같다. 『인간실격』의 화자인 요조는 자신을 마치 실패한 인간처럼 묘사한다. 제목에서 알 수 있듯이 그는 스스로를 인간이 되기에는 부족한 인간, 혹은 지나친 인간이라고 여긴다. 그는 괴롭힘 당하고 약자의 위치에 있으며, 그런

4 이상, 권영민 책임편집, 「실화」, 『이상 소설 전집』(민음사, 2012), 202쪽.

상태에서 벗어나고자 뚜렷한 노력을 하지도 않는다. 마치 그 상황을 받아들이는 것처럼 보이는 것이다.

그런데 여기에는 어떤 비틀기가 있다. 이 비틀기가 가장 잘 드러나는 것은 화자가 몰래 간직하고 있는 '괴물 그림'을 통해서다. 화자는 자신의 일상에서 드러나는 모습이 일종의 가면이라고 생각한다. 그의 진실된 모습은 그가 언젠가 혼자 그리고서 아무도 보여 주지 않은 괴물 그림이다. 이것을 알고 있는 것은 화자뿐인데, 여기서 화자와 세상과의 관계가 전도된다. 실상 강자는 진정한 비밀을 간직한 화자이고, 화자의 진실한 모습을 알아보지 못하고 속아 넘어가는 세계는 약자가 되는 것이다. 그 시도가 성공적이든 아니든 확실한 건 여기서 화자가 비밀을 세계와 자신과의 권력 관계를 역전하는 수단으로써 사용하고 있다는 점이다.

왜 감추려고 하는 것일까? 드러난 것은 통제하기 어렵기 때문이다. 통제할 수 없는 것이 많아질수록 자신이 약해진다고 느끼게 되고, 근심이 많아진다. 근심을 꺼리는 것에 무슨 문제가 있을까 싶지만 비트겐슈타인은 오히려 그것을 받아들이는 게 중요하다고 생각했다. "근심들은 병과 같다; 우리들은 그것을 받아들여야 한다. 우리들이 할 수 있는 가장 나쁜 것은 그것들에 반항하는 것이다. 그것들은 내적인 또는 외적인 동기들에 의해 유발되어 발작하기도 한다. 그리고 그때 우리들은 자신에게 이렇게 말하지 않으면 안 된다: '또 다시 발작이로구나.'"[5]

도스토옙스키의 『지하로부터의 수기』는 바로 그 발작의 모범을 보여 준다. 이 소설에서 화자는 어느 날 우연히 동창들이 약속을 잡는 장면을 목격한다. 화자는 이들 중 아무도 좋아하지 않았고(그는 좋아하는 사람이 없다.), 그들 역시 아무도 화자를 좋아하지 않았다. 그런데 이 대화를 가만히 듣고 있던 화자는 갑작스레 자신도 그 모임에 끼고 싶다고 말한다.(나는 여기서 벌써 눈물을 흘렸다.) 동창들은 어찌되었든 상식적인 사람들이었기에 갑자기 왜 그러냐고, 너는 우리를 싫어하는 것 아니었냐고 진땀을 빼며 돌려 돌려 거절을 하지만 화자는 막무가내로 모임에 끼어들고, 그렇게 억지로 끼어든 모임에서 그는 당연히(본인이 적극적으로 자초한) 모진 수모를 겪는다. 더 슬픈 것은 그가 화가 난 채로 거의 아무것도 하지 못한다는 것이다…… 가령 갈등이 고조되는 와중 동창들 중 한 명인 시모노프가 "저런 놈을 끼워 주다니, 내 잘못을 절대 용서하지 못하겠는걸!"이라고 다 들리도록 투덜거리자 화자는 속으로 생각한다.

5   루트비히 비트겐슈타인, 이영철 옮김, 『문화와 가치』(책세상, 2020), 178쪽.

'자, 이제 저놈들한테 술병을 집어던지는 거다.' 이런 생각에 나는 술병을 집어 들었고…… 그러고선 그냥 내 잔에다 술만 가득 따랐다.

'……아니야, 차라리 끝까지 죽치고 앉아 있는 편이 낫겠어!' 나는 계속하여 생각했다. '내가 가 버리면, 이놈들아, 네놈들은 좋아 죽겠지. 어디, 그러나 봐라. 네놈들 따윈 발톱의 때만도 못하다는 걸 보여 주기 위해서 일부러라도 끝까지 앉아서 마실 테다. 이곳은 술집이고 나는 회비를 냈으니까 죽치고 앉아 마실 테다. 네놈들을 장기의 졸병, 아예 존재하지도 않는 졸병쯤으로 여기고 있으니까 죽치고 앉아 마실 거란 말이다. 이대로 죽치고 앉아 술을 퍼마시고…… 그뿐인가, 기분 내키면 노래도 부를 테다. 그래, 노래를 부르는 거다, 그럴 권리가 있으니까…… 그래, 노래를 부를 권리쯤은 있지…… 음'

하지만 나는 노래를 부르지 않았다. 오직 저들을 아무도 보지 않으려고 애썼을 따름이다. 그렇게 독립을 과시하는 포즈를 취하고서 저쪽에서 직접, 먼저 나한테 말을 걸어오길 초조하게 기다렸다. 하지만, 슬퍼라, 저들은 말을 걸어오지 않았다. 그 순간 나는 그들과 화해하길 얼마나, 얼마나 바랐던가![6]

6 표도르 도스토옙스키, 김연경 옮김, 『지하로부터의 수기』(민음사, 2010), 133~134쪽.

그는 정말 많은 것을 생각하지만 아무것도 통제하지 못한다. 술병을 던지고 싶다는 생각도, 자리를 박차고 일어나겠다는 생각도, 노래를 부르겠다는 생각도, 동창들과 화해를 하고 대화를 나누고 싶다는 생각도 모두 뜻대로 되지 않는다. 하지만 그는 그것을 드러나지 않은 어떤 비밀 속에서 보상받으려 하지 않는다. 발작 속에서 그는 부서지지만, 그는 그 부서짐을 최대한도로 수용하려고 한다. 이것은 어떤 바람직한 행동 양식에 관한 문제가 아니다. 다들 알겠지만 나를 좋아하지 않는 사람들이 있으면 조용히 그들과 엮이지 않는 것이 좋다…… 나는 단지 그가 무엇은 삶이고, 무엇은 삶이 아니라는 식으로 생각하지 않는다는 점에 대해 말하고 싶다. 어쩌면 우리가 알아야 할 전부는 아름답지 않은 삶에 대한 것인지도 모른다.

이것, 이 아름답고도 심오한 대상

우리는 통제함으로써 무엇인가를 보호하려고 한다. 오해로부터, 실패로부터, 변형으로부터, 또 해를 끼칠 수 있는 수많은 요소들로부터. 존 케이지는 그런 보호 속에서 만들어진 작품이 삶과 갖는 관계를 이렇게 정리한다. "이것,

이 아름답고도 심오한 대상, 이 걸작은 인생과 정확히 무슨 관계가 있을까? 그 관계는 다름 아닌 유리된 관계다."[7] 그리고 이때 우리가 잃는 것은 정말 실질적인 삶을 의미할 수도 있다. 안톤 체호프의 단편 「관리의 죽음」은 4페이지 정도밖에 안 되는 짧은 작품으로, 회계 관리 이반 드미트리치 체르바코프가 오페라를 보다가 갑작스럽게 재채기를 했는데 특석 첫째 열에 앉아 있던 장관에게 침이 튀어서 그것을 사과하려다 죽음에 이르게 되는 이야기다. 극도로 소심했던 체르바코프는 장관이 괜찮다고 하는데도 불구하고 뭔가 장관의 화가 풀리지 않았다는 생각에 몇 번이고 찾아가 사과를 하며 그를 귀찮게 하고, 결국 진노한 장관이 발을 구르며 당장 나가라고 소리치자 그 충격을 견디지 못하고 죽어 버린 것이다. 왜 그는 그렇게까지 사과를 반복해야 했던 것일까? 이는 그가 어떤 행동이 오해를 불러일으킬 수 있다는 생각을 받아들일 수 없었기 때문이다: "「말도 안 하려고 하네. 내가 전혀 그럴 의도가 없었다고 해명을 해야 될 텐데…… 재채기는 자연의 순리라고 말이야. 안 그러면 내가 일부러 침을 튀긴 거라고 생각할 거야. 지금은

7 존 케이지, 나현영 옮김, 『사일런스』(오픈하우스, 2014), 160쪽.

그런 생각을 안 하더라도 나중에 그러겠지!」[8] 그는 오해 가능성을 남김없이 지우고자 했지만, 그 가능성은 또한 삶의 가능성이기도 했던 것이다.

그런데 통제를 하지 말라는 말이 꼭 무엇인가를 더 자유롭게 해야 한다는 말, 자신의 진정한 감정을 표현해야 한다는 말은 아니다. 일부러 침을 뱉은 것이 아니라는 것을 해명하기 위해 노력했던 체르바코프의 감정 역시 절실하고 진정한 것이었다. 요점은 반대에 가깝다. 통제하려고 하는 것이 우리의 '자연스러운' 경향성이며, 그로부터 벗어나기 위해서는 어떤 작위적인 노력이 필요하다는 것이다. 자연스럽다는 말은 무슨 뜻일까? 수영을 할 줄 모르는 사람이 물에 빠지면 가라앉는다. 사람은 가만히 있으면 물에 뜨게 만들어져 있는데도 말이다. 자유라는 말도 비슷한 아이러니를 품고 있다. 어떤 사람들은 '자유롭게' 자신이 하고 싶은 말을 해야만 좋은 시를 쓸 수 있다고 생각한다. 하지만 내가 보기에는 사람들이 '자유롭게' 하고 싶은 것들이야말로 거기서 거기이며 대개 비슷하고 진짜로 흥미롭지 않다. 우리는 종종 어딘가에 갇혀 있다고 생각한다. 그것은 사실일지 모르지만, 문제는 대개

8 안톤 체호프, 박현섭 옮김, 『체호프 단편선』(민음사, 2002), 9쪽.

같은 곳으로 탈출하고 싶어한다는 것이다. 그리고 나는
그곳으로 탈출하고 싶지가 않다. 탈출하지 않아도 좋으니
다른 곳으로 가 보고 싶다. 『황무지』를 쓴 T. S. 엘리엇은
시를 감정으로부터의 도피라고 말했다. 나는 그것이
자유로부터의 도피라고도 생각한다. 결국 중요한 건 다른
어딘가로 움직이는 것이다. 어떻게 움직일까? 백남준은
무엇이든 잡아타면 된다고 말한다. 그는 한 인터뷰에서 그의
작업이 폭력적이라는 평가에 대해 어떻게 생각하느냐는
질문에 대해 이렇게 대답한다.

"거듭 말씀드리지만 내가 폭력적이었다고 생각하진 않아요.
하지만 일반적으로 평가라는 것은 꼭 자동차와 같죠. 차종을
선택할 수도, 나아갈 방향을 택할 수도 없어요. 제일 먼저
도착하는 걸 빼앗아 잡아타야 해요. 폭스바겐이면 폭스바겐을
타고, 택시면 택시를 타고 가는 거예요. 비행기가 도착하면
비행기를 타야 하죠. 중요한 것은 움직이기만 하면 되는 거예요.
나에 대한 첫 평가는 말하자면 폭력적이라는 일련의 해프닝을
통해 이루어진 거예요. 그건 오해죠. 하지만 차가 없다면, 먼저
오는 차를 탈 수밖에 없는 겁니다."[9]

9   백남준, 에디트 데커 외 엮음, 임왕준 외 옮김, 『백남준: 말에서
    크리스토까지』(경기문화재단 백남준아트센터, 2018), 236쪽.

만약 백남준이 자신의 작업이 오해받는 것을
두려워했다면 그는 계속 기다려야 했을 것이고 어쩌면
그 상태로 영영 움직이지 못했을지도 모른다. 즉 오해
가능성이란 이동 가능성이기도 하다 — 우리는 오해
가능성으로부터 열린 공간 속에서만 움직인다. 하지만
그것이 우리의 상황을 비관적으로 보아야 하는 이유가
되지는 않는다. 가령 자신이 폭력적이라는 평가가
오해라는 백남준의 말에 대해 생각해 보자. 그의 생각을
충분히 존중하긴 하지만 어쨌든 백남준은 사전에 협의도
하지 않고 공연을 보러 온 존 케이지의 넥타이를 잘랐고,
무대에서 피아노를 부쉈고, 기타 등등이었다…… 이것을
폭력적이라고 생각하는 것도 무리는 아니지 않을까? 나는
다른 사람들의 평가가 오히려 객관적이라고 말하려는
것이 아니다. 내가 말하고 싶은 건 오해가 진실과 대립하는
것이라기보다, 진실이 표현되는 특정한 형식 중 하나라는
것이다. 말하자면 오해는 가장 자주 오는 차이고 진실은 그
차를 잡아탄다 — 오해는 진실을 훼손한다기보다 오히려
그것을 가능하게 하는 것이다. 삶이 우리의 통제 바깥에 훨씬
많은 것처럼, 진실은 오해 속에 훨씬 더 많다.

어느 쪽인지는 여기서 중요하지 않다

이는 글쓰기가 종종 침묵과 가까워 보이는 이유이자, 또 우리가 어떤 좋은 글을 보았을 때 그에 대해 무슨 말을 더할 필요가 없다고 느끼는 이유이기도 할 것이다. 글쓰기는 자신이 하는 일을 하고, 해야 하는 일을 하며, 그 밖의 다른 것들을 통제하려 하지 않기 때문이다. 내 생각이지만 역사학자 폴 벤느와 푸코가 아주 친하게 지냈던 이유 중 하나는 그들이 이런 지점에서 대체적으로 견해를 공유했기 때문이었던 것 같다.

어느 날 저녁 푸코와 나는 그의 작은 텔레비전으로 이스라엘과 팔레스타인의 갈등에 관한 르포를 보고 있었다. 두 진영 가운데 어떤 진영에 속한 (어느 쪽인지는 여기서 중요하지 않다) 투사 한 사람이 화면에 나오더니 이렇게 공언했다. "어렸을 때부터 나는 나의 대의를 위해 싸워 왔습니다. 나는 그런 식으로 만들어졌고, 그에 관해 더 이상 길게 말하지 않겠습니다." "그러니까, 바로 저거야!" 푸코는 소리쳤다. 기껏해야 레토릭과 프로파간다로서나 쓸모 있을 장광설을 듣지 않아도 되는 것을 기뻐하면서 말이다.[10]

우리는 여러 이유로 글을 쓰거나 쓰지 않고, 또 어떤 주제에 대해서는 쓰지만 다른 주제에 대해서는 쓰지 않는다. 선택할 수 있는 수많은 형식들이 있고, 실제로는 그중 몇 개만을 차용하여 글을 쓴다. 그렇게 쓰인 글은 정당하게 다루어질 수도 있지만 오해되거나 잊히거나 무가치하다는 평가를 받을 수도 있으며, 또는 무가치하다는 평가를 받았다는 이유로 엄청나게 많이 읽히게 될 수도 있다. 우리는 인간이므로 당연히 그로 인해 기뻐하거나 감격하거나 보람을 느낄 수 있고 (아마도 그보다 훨씬, 훨씬 자주) 아주 깊이 실망하고 상처받을 수도 있다.(어디선가 로베르토 볼라뇨는 자신의 글에 대한 악평을 보았을 때 울음을 터뜨리고 바닥을 기며 매번 글쓰기를 그만 둘 결심을 한다고 말한 적이 있는데, 나는 그 말을 참 좋아한다⋯⋯.) 하지만 글쓰기를 수행한다는 것은(또는 그것을 준비한다는 것은) 글쓰기 속에 있는 어떤 철저한 비인간적인 면이 결코 완전히 사라지지 않는다는 것을, 그래서 아무리 싫더라도 가끔은 그것과 마주할 수밖에 없음을 인정하는 일이기도 하다. 이 비인간적 역량 속에서 글쓰기는 우리가 예상하거나 원하는 것보다 훨씬 더 많은 것을 자신의 삶으로 받아들이며, 그에 관해 더 이상 길게

10 폴 벤느, 이상길 옮김, 『푸코: 그의 사유, 그의 인격』(리시올, 2023), 168쪽.

말하지 않으려 한다. 눈앞에 있는 나무를 논박한다고 해서
나무가 사라지지 않는 것처럼, 그 삶이 이미 하나의 현실이기
때문이다.

12화

실제로는 하나도 맛이 없는 술

[끝에 관한 실용적인 조언] 대학교 1학년 때 처음 들었던 글쓰기 수업에서 교수님이 해 주셨던 말이 기억난다: 여러분, 글쓰기를 끝낼 때 어떻게 해야 돼요? 그냥 끝내면 됩니다. 뭔가를 정리하고 교훈을 주고 마무리한다는 느낌을 일부러 주려고 하지 않아도 돼요. 그렇게 인위적으로 끝을 내려고 하면 오히려 글이 지저분해지고 상투적이 돼요. 그러면 글이 끝난 건 어떻게 알 수 있을까요? 더 할 말이 없으면 그게 글이 끝난 거예요. 거기서 끝내면 됩니다.

이 조언은 내가 글쓰기를 바라보는 관점을 조금 달리 할 수 있게 해 주었고, 한 편의 글 단위에서는 매우 실용적이기도 해서 지금도 늘 잊지 않으려 하는 말이다. 할 말이 떨어지면 거기서 곧바로 끝내자. 하지만 한편으로 이 책에서 내가 계속 다루고자 했던 것은 할 말이 없어도 무엇인가를 쓰는 일에 대한 것이었다. 어쩌면 시작하기의 논리와 끝내기의 논리는 전혀 다른 것인지도 모른다. 그리고 어쨌든 나는, 전반적으로 이야기하자면, 끝맺음을 잘 하는 사람도 아니다. 더 정확히 얘기하자면 사실 나는 끝이라는 걸 싫어한다. 그럴 수밖에 없는 것이, 내가 싫어하는 무엇인가가 끝나는 일은 매우 드물어서 거의 본 적이 없고, 그러니 끝나는 것들은 대부분 내가 좋아하는 것들일 수밖에 없기 때문이다.

[준비] 무엇인가를 준비할 때, 우리는 이루어지기를 원하는 무엇인가가 이루어질 수 있도록 하는 과정을 밟아 가는 것이다. 그러나 때로 그 과정이 성공적이기 위해서는 우리가 이루어지기를 원했던 무엇인가가 바뀌어야만 한다.

근본적 혁명에서 사람들은 '자신들의 오래된 (해방적인, 그리고 여타의) 꿈들을 실현하는' 것에 불과한 것이 아니다. 오히려 그들은 그들의 꿈꾸는 양태 그 자체를 재발명해야만 한다. 이는 죽음충동과 승화의 연계에 대한 정확한 공식이지 않은가? 혁명 이후에 발생하는 것에 대한, '다음날 아침'에 대한 오로지 이와 같은 참조만이 자유주의적인 감상적 폭발과

진정한 혁명적 봉기를 구분할 수 있게 해 준다.[1]

[엔딩크레딧] 진은영 시인의 『훔쳐가는 노래』는 내가
처음으로 읽었던 작품 해설이 없는 시집이었다. 그때는 시를
읽은 지 얼마 되지 않았던 시기였기 때문에 해설이 없다는
것이 굉장히 충격적으로 느껴졌다. '이렇게 그냥 끝나 버리면
나는 어쩌하라고……?' 다른 시집들을 더 읽고 시에 대해
조금 알 것 같다는 느낌을 받고 난 이후에는 그것이 다른
의미에서 충격으로 다가왔다. '이 좋은 시집에 해설이 없으면
어쩌하라는 거야?' 그보다 더 나중에는 시집 뒤에 해설을
붙이는 것이 당연한 일이 아니고 오히려 한국문학계에만
있는 독특한 관습이며, 이것이 평론가의 권위를 강화하고
의식적으로든 무의식적으로든 독자의 독해를 제한할 수
있다는 비판적인 관점이 있다는 것에 대해 알게 되었다.
상당히 납득할 만한 지적이었기에 나는 해설에 지나치게
의존했던 과거의 나를 반성했다. 사실 해설이라는 게 어차피
읽는다고 전부 이해가 되는 것도 아니고, 이해가 되더라도
내 생각과 다른 부분도 많고, 있든 없든 크게 중요한 것은
아니라는 생각이 새삼 들었다. 어떤 시집은 일부러 해설을

---

[1] 슬라보예 지젝, 이성민·김지훈·박제철 옮김, 『신체 없는 기관』(도서출판b, 2006),
398쪽.

읽지 않기도 했다. 해설을 읽지 않아도 아무런 문제도 없었고, 오히려 더 충만한 독서를 한 듯한 느낌이 들었다. 시집에 해설이 필요하다는 건 바보 같은 생각이었다. 그러다 출간되었다는 소식을 듣자마자 허겁지겁 신해욱 시인의 새 시집 『syzygy』를 구해 읽은 날이었다. 끝까지 읽고 나니 이 시집에도 해설이 없었다. 그리고…… 으악! 나는 충격을 받았다.

충격을 두 번 받았다. 첫째로는 해설이 없는 것에 충격을 받았고, 둘째로는 과거와 조금도 달라지지 못하고 해설이 없는 것에 충격을 받은 나 자신에게 충격을 받았다. 왜 충격을 받은 거야? 시집에 해설이 있어야 한다는 건 바보 같은 생각이라고…… 지나서 생각해 보니 내가 견디기 힘들었던 건 시집이 그렇게 마지막 시편에서 끝나 버린다는 사실 자체였다. 적어도 내게 작품집 뒤에 붙는 해설의 가장 중요한 기능은 일종의 완충제 역할이었던 것이다. 나는 영화관에서 영화를 봐도 엔딩크레딧까지 다 보는 편이다. 해설이 없으니 영화가 끝나자마자 누군가 영화관의 불을 환하게 켜 버린 듯한 느낌을 받았다. 혹은 이야기를 나누던 상대가 본론이 끝나자마자 택시를 잡고 집에 가 버린 듯한 느낌을. 요지는 내가 준비가 되어 있지 않았었다는 것이다. 이런 식의 이야기는 끝도 없이 할 수 있다. 택시 이야기에서 눈치 챘을지 모르지만, 나는 어떤 종류든 간에 모임이 있고 난 뒤에 뒤풀이가 없이 헤어지는 것도 허전하다고 느낀다. 나이가 들고 삶이 힘들어지면서부터는 조금 덜해졌긴 하지만. 친구들과 만나서 놀 때도 마찬가지다. 모임이 끝날 때가 되면 '이제 이렇게 헤어지면 언제 또 만날 수 있을까?' 같은 생각을 한다. 다들 다시는 돌아올 수 없는 어딘가로 뿔뿔이 흩어지는 것처럼…… 나는 그냥 뭔가가 끝나는 게 싫다. 하지만 사실 그렇기 때문에『훔쳐가는 노래』와『syzygy』가 나에게 줬던 인상이 더 각별하게 남아 있는 것이기도 하다. 이 시집들은 한 권의 시집은 원래 내가 스스로 감당해야 한다는 것을, 시집의 끝이라는 것을 그런 식으로도 받아들일 줄 알아야 한다는 것을 가르쳐주었다. 그런데 그래도, 나는 해설이 있는 편이 더 좋긴 하다……

[만화영화] 어렸을 때 집에서 동생과 둘이 티브이에서 틀어 주던 만화영화를(그땐 애니메이션을 그렇게 불렀다.) 보던 것이 생각난다. 엄마는 혼자서 나와 동생을 키웠기 때문에 엄마가 일을 하러 가면 집에는 우리 둘뿐이었다. 저녁에 엄마는 동네의 작은 사거리에 트럭을 세워 두고 과일을 팔았는데, 당시는 컴퓨터도 없고 케이블 티브이도 없었기 때문에 나와 동생에게 정규 방송에서 틀어 주는

만화영화는 그 시간을 보낼 유일한 낙이었다. 오후 5시 반쯤 아주 재미없는 만화부터 시작하고, 6시 정도부터 '재미있는 만화'(「로봇수사대 K-캅스」, 「전설의 용자 다간」, 「카드캡터 체리」, 「천사소녀 네티」, 「태양의 기사 피코」, 「마법소녀 리나」, 등등)를 연달아 틀어 주다가 7시 반 정도가 되면 '만화 시간'이 끝이 났다.

내가 세상에서 제일 싫어했던 것이 마지막 만화영화가 끝나고 나오기 시작하는 광고였다. 무슨 치약이라든지, UN에서 우리나라를 물 부족 국가로 지정했다든지(심지어 이건 거짓말이었다……), 여행 패키지라든지, 어린이 감기종합약이라든지, 왜 그런 이야기를 내게 쏟아내고 있는지 이해할 수가 없었다. 티브이에 정신이 팔리기 전까지만 해도 아직 해가 있던 바깥은 뭔가 잘못되기라도 한 것처럼 어두워져 있었다. 그에 비하면 형광등 빛은 비현실적이었다. 현실이 너무 갑작스럽게 들이닥쳤거나, 아니면 내가 현실로 내동댕이쳐졌거나, 혹은 둘 다였다. 광고 소리를 견디기 힘들어서 티브이를 꺼 버리고는 했지만 그렇다고 상황이 더 나아지는 것은 아니었다. 이제는 소리도 없고, 아무것도 보여 주지 않는 검은 브라운관은 방금 전까지 내가 빠져들었던 세계가 실은 있었던 적도 없다고 말하는 것 같았다. 동생이 어떻게 느꼈는지까지는 모르겠다.

엄마는 과일 장사를 나가며 늘 돌아올 때까지 얌전히
집에서 기다리고 있으라고 했는데, 우리는 매번 알았다고
자신있게 대답했지만, 이틀 걸러 한 번은 엄마가 과일을
팔고 있던 사거리로 뛰어갔다. 엄마를 골탕먹인다는 생각에
뛰어가면서 우리는 계속 웃었던 것 같다. 오늘은 안 찾아가고
집에 있겠다고 했으니, 우리가 가면 깜짝 놀라겠지? 이렇게
와 버릴지는 전혀 모르고 있겠지?

[MBTI] 그런데 마지막 글을 이렇게 끌어가는 게 맞는지
모르겠다. 「책 밈」이라는 글에서 마크 피셔는 인상 깊은 다섯
권의 책을 추천해 달라는 항목에 대한 답으로 애트우드의
『고양이 눈』를 꼽으며 다음과 같이 덧붙인다.

"얼마 전에 루크가 제게 '차가운 합리주의cold rationalism'
문학의 사례 하나만 들어 달라고 하더군요. 차가움으로 명성
자자한 애트우드가 확실한 정답입니다. 물론 모든 문학이
어느 정도는 차가운 합리주의 성격을 띠죠. 왜 그럴까요? 문학
덕분에 우리가 우리 자신을 인과 사슬로 이해할 수 있고 이를
통해 역설적이게도 얼마간 자유에 이르게 되니까요(스피노자를
숭배한 워즈워스도 시란 "평정 속에서 회상한 감정"이라고
묘사했어요. 일종의 디오니소스적 사정射精 속에서 표현된 날것의

감정이 아니라는 것이죠.)"[2]

나 역시 그렇게 생각했다. 나는 차갑고 비정한 합리주의 속에서 쓴다고, 감상적이지 않게 되는 것이 중요하다고……
하지만 글쓰기는 언제나 쓰려고 생각했던 것, 혹은 쓰고 있다고 생각했던 것과는 다른 무엇이다. 어느 날 친구들과 모여 이야기를 나누다 MBTI 얘기가 나왔다. 누군가 나에게 MBTI가 어떻게 되냐고, 혹시 T냐고 묻자 그 자리에 있던 금정연 작가가 웃으며 말했다. "아니, 보원 씨는 F죠. 글을 읽으면 이건 F가 아니면 이렇게 쓸 수가 없다, 싶은 부분이 있다니까요……"

[사라지기-그럼에도 불구하고] "이런 상황이 지금 일어나고 있다고 본다면 이 무가 되어가는 the nothing-ing 무의 체험이 바로 문학이란 이름 아래 우리가 욕망하는 것이 됩니다. 존재의 체험, 그 이하도 그 이상도 아닌 형이상학의 가장자리에, 아마도 문학은 모든 것의 가장자리에 서 있는 것입니다. 거의 모든 것을 넘어서, 자기 자신마저도."[3]

2 마크 피셔, 대런 앰브로즈 엮음, 박진철, 임경수 옮김, 『K-펑크 1』(리시올, 2023), 51~52쪽.

[소년만화의 시간] 스포츠 소년만화를 보면 늘 그런 게 있다. 마지막 전국대회…… 3학년들에게는 이번이 마지막 기회이고, 그렇지만 이후의 선수 생활을 위험하게 만든다 하더라도 부상이 있는 발목으로 무리해서 경기에 나가고, 뭐 그런 것들. 거기서는 무리하지 않는 게 현명하다. 선수 생활을 할 수 있는 기간은 길고 고등학교 전국 대회는 그 기간 전체에 비하면 사소하다 못해 무가치하다. 그런데도 경기를 뛰어야만 한다는 판단은 그것이 소년만화이기 때문에 정당화된다. 이 정당화를 가능하게 하는 전제는 소년만화가 어느 정도는 낭만적이고 우정이나 열정 같은 환상을 옹호하며, 소년만화의 감상자들이 그것이 환상이라는 것을 알면서도 속을 준비가 되어 있는 이들이라는 사실이다. 그런데 이런 분석이 아이러니한 이유는 소년만화가 늘 실패와 현실에 대한 이야기이기 때문이다. 본질은 거기에 있다. 주인공의 성공, 시련과 그것의 극복은 단지 이 실패와 현실을 받아들일 만한 것으로 만드는 감미료에 불과하다. 그러니까 실은 보이는 것과 반대일 수 있는 것이다. 주인공의 성공을 돋보이게 만들기 위해, 실감나는 것으로 만들기 위해 주인공의

---

3   자크 데리다, 데릭 애트리지 엮음, 정승훈 외 옮김, 『문학의 행위』(문학과지성사, 2013), 67쪽.

(그리고 조연들의, 주인공의 것보다 훨씬 더 가혹한) 시련과
실패가 있는 것이 아니다. 소년만화의 본질적인 대상은 어떤
환상들보다도 훨씬 더 큰 현실과 그것이 불러오는 필연적인
실패이고, 나머지는 부차적인 것이다.

　그러므로 좋은 소년만화는 반드시 조연들의 자리를
섬세하게 확보한다. (반대로 어정쩡한 소년만화는 자신들이
속한 장르의 본질을 전혀 알지 못하고 주인공의 성장이 정말
가장 중요한 가치라도 되는 양 작품을 망친다.) 주인공이
실패라는 소년만화의 본질로부터 어느 정도 비껴갈
수밖에 없는 운명이라면 조연들이야말로 바로 그 실패를
정면으로 마주할 수 있는 이들이기 때문이다. 물론
주인공들도 때로 실패한다. 그러나 주인공이 실패를
정면으로 마주할 수 없다는 말은 단순히 주인공이
마지막에 가서는 결국 성공하기 마련이라는 의미인
것만은 아니다. 그것은 이 실패가 의미화되는 방식 자체와
관련되어 있다. 예컨대 프로 선수로 활동한다는 목적과
그 수단일 뿐인 전국대회의 우선순위를 뒤바꾸고, 목적과
수단이 전도되는 충동에의 투신 속에서 치명적인 부상을
감수하고 지금 이 순간의 경기를 뛰겠다는 인물들은
그래도 행복한 것이다. 그들에게는 선택의 기회가 있다.
하지만 많은 조연들에게(그리고 현실을 살아가는 우리들에게)

결정적으로 주어지지 않는 것은 바로 그러한 선택의
기회이다. 말하자면 농구를 그만둔다는 선택은, 어떤
이들에게는 그 어떤 숭고함도 없이 이루어져야만 한다.
그들에게는 농구(잠재적인 자신의 장래의 커리어)보다 커다란
가치(전국대회, 열정, 동료들과의 우정과 추억, 기타 등등)를
택함으로써 농구를 포기할 극적인 기회가 없다. 그들은
그저 어느 순간 그들에게 그러한 선택의 기회가 없음을
받아들여야 한다. 밥을 먹다가, 혹은 큰 경기에서 지고 난
후에, 혹은 밤늦게까지 자유투 연습을 하다가, 아니면 잠깐
머리를 식히려고 영화를 보거나, 어느 날 늦잠을 자거나,
늦잠을 자지 않고 정상적으로 일어났거나, 농구와 관련이
있거나 없는 그 무수한 순간들 중 아무 때나 그런 선택의
순간이 무심하게 찾아오고 지나가 버린다. 바로 그런
순간, 그리고 그 이후의 얼마간의 시간들이 소년만화에서
진정으로 다뤄지는 시간이다.

    [1초에 186,000번의 결말] 짧은 순간이라 할지라도
얼마든지 길어질 수 있다. 그런 의미에서 내게 정말 좋았던
끝은 리처드 브라우티건의 소설 『빅서에서 온 남부 장군』의
결말이었다. 이 작품의 마지막 일곱 장의 제목은 다음과
같다: 석류의 결말, 1초에 186,000번의 결말, 두 번째 결말, 세

번째 결말, 네 번째 결말, 다섯 번째 결말, 1초에 186,000번의
결말. 이렇게 끝이 많은 작품을 좋아하지 않을 수는 없는
것이다.

　[프리렌] 하지만 모든 것은 끝이 난다. 최고의 모험이라
해도 그렇다. 최근에 「장송의 프리렌」을 봤는데 여러모로
정말 재밌고 좋은 작품이었고 내게는 계몽적으로
느껴지기도 했다. 그러니까, 어떤 시시한 일들이나 일상이
어떻게 소중할 수 있는지에 대한…… (나는 계몽적이라는
말을 좋은 뜻으로만 쓴다.) 시간, 기억, 잊혀짐, 위대한 사람과
위대하지 않은 사람, 이런 것들이 「장송의 프리렌」의
주제다. 나는 어쩌다 보니 중간부터 보기 시작해서 뒤늦게
첫 화를 봤는데, 첫 화도 참 인상적이었다. 이 첫 에피소드의
클라이맥스는 주인공인 프리렌이 함께 모험을 했던 용사
힘멜의 장례식에서 눈물을 흘리는 장면이다. 신기했던 건
작품 전체의 시작이다 보니 독자들은 아직 등장인물들과
아무런 정서적 연결도 되어 있지 않은 시점인데도, 그
눈물로부터 정서적 울림이 느껴졌다는 점이었다. 사실 이
죽음에 자체로 비극적인 것은 전혀 없다. 왜냐면 힘멜은
마왕도 물리쳤고 용사로서 즐겁고 의미 있는 삶을 살다가
늙어서 죽은 것이기 때문이다. 수천 년을 사는 엘프인

프리렌이 느낀 이 슬픔은 아득히 긴 시간의 관점에서
인간에게 허용된 시간을 바라봤을 때 발생하는 슬픔이다.
말하자면 이 슬픔이 개인적인 것이거나 비극적인 것이
아니기에 우리는 아무런 정서적 연결이 이루어지기
전임에도 불구하고 그것에 공감할 수 있는 것이다. 프리렌은
그러한 종류의 슬픔을 느끼지만 그것이 정확히 무엇인지
알지는 못하고, 그것을 이해하기 위해 새로운 모험을
시작한다. 나는 무엇을 이해하기 위해 모험을 한다는 그
아이디어도 참 좋고, 어떤 모험의 끝(마왕을 물리치기 위한
용사 힘멜과 동료들과의 모험)이 새로운 모험(자신이 느낀 슬픔을
이해하기 위한 모험)으로 이어진다는 생각도 좋았다.

그래서 무엇을 위한 준비였을까? 이 질문에 대답하기
위해, 그리고 이 책을 마무리하기 위해 「장송의 프리렌」에서
내가 정말 좋아하는 또 다른 에피소드 이야기를 하는 것보다
더 좋은 선택은 없을 것 같다. 최고의 술이라고 알려진
'황제주'를 찾기 위해 평생을 바친 한 애주가의 이야기다.
그는 각고의 노력 끝에 황제주가 보관된 창고를 찾았지만
그곳에 들어갈 방법이 없어 마법사인 프리렌에게 도움을
청한다. 그런데 사실 황제주는 먼 옛날 황제가 즉위할 때
사람들에게 나누어 주던 싸구려 술일 뿐이었고, 이를 알고
있던 프리렌은 애주가가 황제주를 찾으면 더 실망하게

될까 봐 망설인다. 프리렌은 술을 좋아하는 자신의 다른
동료에게, 만약 네가 평생 황제주를 찾아 헤맸는데 그것이
실제로는 하나도 맛이 없는 싸구려 술이었다면 어떨 것
같냐고 물어본다. 동료는 자신이라면 아마 웃어 넘기고 말
것 같다고, 또 그렇게 맛이 없다면 여러 사람들과 함께 나눠
마실 것 같다고 대답한다. 이 대답을 듣고 프리렌은 애주가가
황제주를 찾을 수 있도록 도와준다. 애주가는 프리렌의
도움으로 맛없는 황제주를 찾게 되고, 사람들과 즐겁게 나눠
마신다…… 그게 황제주 에피소드의 끝이다.

작가의 말

　이 책에서 주요하게 인용되는 저자들 중 상당수는
내가 문학에 입문했을 때, 그러니까 책에 막 흥미를 갖기
시작하고 모든 것에 감동하던 시기에 내게 강한 영향을 미친
이들이다. 이 저자들의 책을 다시 읽거나 떠올리면 묘한
느낌이 든다. 한편으로 나는 ― 그때와 달리 공감할 수 없는
부분이 얼마나 많아졌는지와 무관하게 ― 처음 눈을 떴을
때 본 대상을 부모로 인식한다는 오리 같은 동물들처럼 이
책들의 영향권에 얽매여 있던 것 같다는 느낌을 받는다.
그런데 다른 한편으로는, 그러니까 거꾸로, 지금 내가
가지고 있는(그때는 분명 의식조차 하지 못했던) 문제의식을 이
책들이 다루고 있으며, 어쩌면 내가 그 책들에 이끌렸던 건
내가 나중에 절박한 것으로 느낄 그러한 문제의식에 미리

대처하기 위해서가 아니었을까 하는 이상한 생각이 들기도
한다. 어쨌든 이 책은 그러한 시기에 대한 일종의 정리이고,
개인적으로 이제는 이 책을 이루고 있는 대부분의 영역을
떠나는 데에 집중하고 싶다.

　　푸코는 이 책을 쓰며 신세를 많이 진 몇몇 작가 중 한
명인데, 그럴 만한 이유가 있었던 것 같다. 그는 우리가
절대적으로 신뢰할 수 있는 건 아무것도 없다는 논지로
강연을 하던 중 '그렇다면 우리가 당신의 말을 믿어야하는
이유는 무엇이냐'는 청중의 질문에 이렇게 대답한다.
'그러실 필요가 전혀 없죠.' 나는 이 대답이 에세이에 대해
무슨 말들을 잔뜩 늘어놓은 이 책을 읽는 데에 가장 적절한
이정표가 되어 준다고 생각한다.

　　이 책을 쓰는 동안, 그리고 쓸 수 있게 되기까지의 시간
동안 옆에서 함께 시간을 보내 준 친구들에게 감사의 마음을
전하고 싶다.(엄마와 동생도 친구에 속한다.) 그리고 특히 온갖
인용 허가를 받기 위해 애써 준 편집자 기현에게…… (우리의
저작권 관련 제도는 심각한 문제가 있다……) 그리고 물론,
우연히 이 페이지를 읽고 있는 모든 분들께…… 감사합니다.

매일과
영원

에세이의 준비
강보원 에세이

1판 1쇄 찍음 2024년 9월 13일
1판 1쇄 펴냄 2024년 9월 30일

지은이 강보원
발행인 박근섭·박상준
펴낸곳 (주)민음사

출판등록 1966. 5. 19. 제16-490호
주소   서울시 강남구 도산대로1길 62(신사동)
         강남출판문화센터 5층(06027)
대표전화 02-515-2000 | 팩시밀리 02-515-2007
홈페이지 www.minumsa.com

ⓒ강보원, 2024. Printed in Seoul, Korea

ISBN 978-89-374-1959-1 (04810)
ISBN 978-89-374-1940-9 (세트)